Kadokawa Fantastic Novels

達克妮絲
可別冒犯了公主殿下喔。
只要說錯一句話就真的會被砍頭喔！
阿克婭
我會拿出壓箱底的宴會才藝炒熱氣氛。
沒錯，這樣才不會讓達克妮絲丟臉！

我也來個紅魔族
風格的華麗登場，
讓公主殿下
大吃一驚吧。
[redacted]惠惠

大膽賤民，竟敢以那種眼神注視王族，太不知分寸了。
更重要的是，快點打完招呼，開始說你的冒險故事吧。
兄長大人，那個……
應該算是我的玩伴吧……
愛麗絲

我還是第一次遇見
像你這樣的人。

艾莉絲
義賊……我是有點崇拜他。

克莉絲
能不能請你幫忙回收神器呢？
我們現在就去找公主殿下玩吧？

為美好的世界獻上祝福！

六花的王女

CONTENTS

為美好的世界獻上祝福！ 6

六花的王女

曉 なつめ

illustration 三嶋くろね

Kadokawa Fantastic Novels

Character

Character
克絲
年齡 18歲
職業 十字騎士
在遭受怪物的攻擊之中得到快感，是專司防禦的女騎士。同時也是大貴族達斯堤尼斯家的千金大小姐。專長是妄想。
阿克婭
年齡 年齡不詳
職業 大祭司
指引英年早逝者的女神。與和真一起以討伐魔王為目標。喜歡的東西是酒，專長是宴會才藝。
惠惠
年齡 14歲
職業 大法師
紅魔族當中首屈一指的天才魔法師。深受「爆裂魔法」的魅力吸引，只會用這招，也只肯用這招。喜歡的東西是爆裂魔法。專長是爆裂魔法。興趣也是爆裂魔法。
愛麗絲
年齡 12歲
職業 王女
維茲
年齡 20歲
職業 店老闆
和真
年齡 16歲
職業 冒險者
拖著阿克婭來到異世界，無論是生前還是在異世界都是個繭居族的冒險者。已經放棄討伐魔王這個任務了。
克莉絲
年齡 15歲？
職業 盜賊
巴尼爾
年齡 年齡不詳
職業 大惡魔兼店員

序章

這天。

睡醒的我不打算離開軟綿綿的床鋪，直接拍了兩下手。

這是為了叫站在門外的執事進來。

隨著我的掌聲信號現身的，是一位穿著筆挺的執事服的白髮老人。

「您叫我嗎，和真先生？」

老人對我深深一鞠躬。

「對，給我來杯提神醒腦的咖啡吧，賽巴斯欽。」

「我是海德爾。」

「交給你了，海德爾。」

吩咐執事海德爾端咖啡過來之後，我再次躺回床上。

不久之後，女僕梅莉應該就會過來換床單了吧。

但是，我可不能輕易讓她換好床單。

主人得千方百計阻撓女僕，不能讓她輕鬆完成工作。

這是某個十字騎士教我的，對待女僕的正式規矩。

終於，「叩叩」的敲門聲響起。

瞧。

我的專屬女僕梅莉來了……

第一章

為光明的未來舉杯慶祝！

1

由於最近經常出遠門，讓我這棟令人懷念的豪宅蒙上了些許塵埃。

我在大廳的中央，盤腿坐在柔軟的地毯上，回想著不久之前發生的事情。

——從以前就有許多優秀魔法師輩出的大法師聖地，紅魔之里。

一封出自這樣的紅魔之里，並寫著魔王軍來襲的消息以及遺言的書信，送到了某位少女的手中。

少女明知自己一個人趕回去也無法成為多大的助力，依然下定決心，返回故鄉。

知道自己再也無法回到這個城鎮來，少女對我表白了一直深藏在心中的感情，表示希望在親赴死地之前能夠獻身於我。

而我斷然拒絕了她的心意，留下傷心欲絕的少女，踏上旅程。

沒錯，是為了趕在少女之前，由我親自消滅魔王軍……

後來，儘管幾經波折，依然在我的活躍之下打倒了魔王軍幹部席薇亞，讓紅魔之里再次恢復了和平──

「……和真從剛才開始就一直傻笑，看起來很噁心耶。不過最近已經完全進入春暖花開的時節了，這或許也是沒有辦法的事情。」

回到阿克塞爾之後，我們一直過著和平的生活。

對我出言不遜的阿克婭，正和達克妮絲以及惠惠一起和樂融融地坐在大廳的沙發上，輪流玩著從紅魔之里帶回來的掌上型遊戲機。

忽然，我回過神來，面向她們三個，露出前所未見的認真表情──

「好想要妹妹啊。」

並且這麼說。

──對於我說出的這句話，現場一瞬間陷入一片寂靜。

然後……

「達克妮絲，妳要遵守順序才行喔！下一個是輪到我喔，要打倒最後大魔王的是我。」

「不，等一下，阿克婭和惠惠平常就真的有在打倒敵人的頭目不是嗎。至少在遊戲裡面讓我有機會做最後的收尾嘛。」

「不行，身為紅魔族，對於收尾、尾刀這種事情絕對不會讓步。而且最後大魔王肯定是個強敵。達克妮絲動不動就會直接衝到敵人面前去，要是讓妳玩的話又得接個好幾次關才能打倒他。」

三人似乎決定假裝沒聽見我說了什麼，一面喧鬧，一面爭著打電動的順序……

「聽我說啦————！」

「哇啊啊啊啊————！別這樣，還差一點就可以全破了！我們花了好多時間，好不容易才打到這裡來耶！」

搶走遊戲機的我，一面閃躲試圖搶回去的阿克婭的手，一面接著打了下去……

「拿去啦，我幫妳們零失誤打倒魔王了！滿意了吧！」

「一點也不滿意，你幹嘛把最好玩的地方搶走啦！我們費盡了千辛萬苦才打到最後耶，你要怎麼賠我們啦？我們花了三天才打到這裡來耶！」

「吵死了，不然妳再把主機給我啊，我幫妳們零失誤從頭過到剛才的地方啦，而且只要三個小時！」

「住口，別再說了！別再踐踏我們的努力了好嗎！」

阿克婭一邊哭喊，一邊搶回遊戲機。

「虧你在紅魔之里表現得還算不錯，結果本性還是個人渣嘛！糟塌我們的努力讓你很開心嗎？快，惠惠也說他幾句！」

達克妮絲激動地這麼說，於是惠惠表示：

「……不過，只有和真一個人被排擠也太可憐了。無論是在紅魔之里還是在任何時候，到頭來最可靠的都是和真。剛才的互動也很有我們的風格，這樣不就好了嗎。」

「「咦？」」

阿克婭和達克妮絲驚叫出聲，來回看著惠惠和我。

「惠惠，妳是怎麼了？平常妳應該是第一個衝去襲向和真的才對啊，大家口中那個阿克塞爾最愛打架的暴徒上哪去了？」

「嗯，感覺比任何人都還要有上級前鋒職業『狂戰士』的素質又個性衝動的惠惠，怎麼會這麼乖。喂，和真，你們是在紅魔之里怎麼了？」

「妳們兩個很沒禮貌耶！我的職業是大法師，最大的賣點就是冷靜沉著！……還有和真，你沒頭沒腦的是怎麼了？想要妹妹的話不應該找我們商量，而是要拜託你爸媽吧？」

「我從很久以前就求過我爸媽好幾次了。而且我想要的是沒有血緣的妹妹，所以想拜託他們離婚之後找個有小孩的對象再婚。那也是我第一次被爸媽打呢……」

「自己的兒子說出這種話還沒有把他趕出家門，你爸媽還真是好人啊。」

「我爸媽好不好不重要啦！再說，我現在回不了故鄉，說這些也無濟於事。更重要的是……！」

面對沒跟上我在說什麼的三個人，我以略嫌浮誇的動作搖了搖頭說：

「年長的治癒系大姊姊維茲、活潑系的陽光女孩克莉絲、冷酷系的大姊姊瑟娜，以及苦命的芸芸！再加上正統派女主角的艾莉絲女神，我已經遇見了形形色色的美女和美少女。」

「和真先生和真先生，我呢？我是什麼路線的美女？」

「妳應該算是奇葩或者寵物吧。混、混帳，我現在在說很重要的事情，想抗議的話等一下再說啦！」

我甩開撲上來抓住我的阿克婭，緊緊握住拳頭繼續說：

「……我發現了一件很重要的事情。其中還缺少某種路線不是嗎。在我出生的故鄉——日本，我好歹也有青梅竹馬……這樣一來缺少的是什麼，妳們應該知道了吧？」

或許是聽懂我想說什麼了，惠惠沉沉嘆了口氣說：

「……真拿你沒辦法。也就是說，你的意思是這樣吧？要我當你的妹妹對吧？」

「惠惠在說什麼啊，妳是蘿莉路線吧。」

「咦！」

惠惠不知為何吃了一驚，而她身邊的達克妮絲則是略顯害羞，還怯生生的舉起手說：

「請、請問，我算是什麼路線的女人……」

「妳當然是負責情色路線。」

「情色路線！」

我沒有多加理會基於不明原因而大受打擊的達克妮絲和惠惠，為我的話題做起總結。

「妳們想想，上次到紅魔之里去的時候，不是有看到惠惠的妹妹嗎？那時候又勾起了我這個念頭。啊啊，我還是很想要妹妹呀……這樣妳們就明白我想說什麼了吧？」

「一點也不明白。」

如此回答的，是一直乖乖聽到最後的阿克婭。

——事到如今我才突然這麼說，原則上也是有其原由在。

那就是……

「公主殿下啊……她的年紀好像比我小，不知道是不是妹妹路線呢……」

沒錯。我期待的是那位寄信給我的第一王女。

根據我聽到的消息，公主殿下好像只有十二歲。

再怎麼說，這個年齡也不在我的好球帶內。

既然如此，要是能夠和她交好，還真希望可以聽到她叫我一聲兄長大人之類。

也不知道到底明不明白我這樣的想法，在從紅魔之里回來之後……

「……我說，和真。現在還不算太晚，我們還是婉拒這件事吧！你想想，對方可是國家的頂層階級喔！所謂的餐會，一定也和你的期待不同，拘謹又枯燥！還是婉拒吧？大家也不要再想這件事情了！」

達克妮絲就像這樣定期嘗試說服我們，而我也從沒看過她這麼拚命的模樣。

這幾天，達克妮絲千方百計要我們放棄和公主殿下見面，而聽我剛才那麼說之後，她又比平常更加拚命了。

我坐在地毯上低聲說：

「……妳這個傢伙，是以為我們會對公主殿下做出什麼沒禮貌的事情對吧。」

聽我這麼說，達克妮絲抖了一下。

達克妮絲的視線開始游移，最後她稍微低下頭說：

「我、我才沒有這樣質疑……各位呢。」

妳誰啊。

「喂，收起妳那說不慣的敬語，看著我的眼睛說話。妳是擔心我們要是闖了什麼禍，會糟蹋達斯堤尼斯家的名聲對吧？」

「是這樣嗎？達克妮絲好過分！我好歹也是懂得禮儀規矩的好嗎！」

「我真沒想到妳是這種人！達克妮絲覺得我們會做出對妳不利的事情嗎？我們是同伴

耶！多信任我們一點好嗎！」

聽我這麼說，阿克婭和惠惠也紛紛表示不滿。

「嗚……嗚嗚……老實說，我就是因為太過了解你們，了解到不能再了解了，才會這麼擔心啊……」

達克妮絲這麼說，看起來都快哭了。

而我對臉上寫滿了不安的達克妮絲說：

「我很了解彼此之間的身分差異，也懂得最低限度的禮儀。我之所以這麼興奮，是因為可以見到上流階級的千金大小姐。只是因為這樣而已。」

「嗚、喂，我好歹也算是上流階級的千金大小姐吧！」

儘管哭喪著臉，達克妮絲仍舊出聲抗議。

在因為達克妮絲難得驚慌失措而感到新鮮的同時——

「對了，我得先去買晚宴服才行。妳們應該也沒有禮服這種東西吧？我們一起去量身訂做好了。」

「好主意！我偶爾也想穿著羽衣以外的衣服到處亂晃呢！不過現在才訂做，不知道來不來得及？」

「我的禮服當然要是黑色的。做一套充滿成熟韻味的禮服好了。」

我們接連這麼說，氣氛也變得越來越熱鬧。

阿克婭和惠惠似乎也完全沒有要婉拒的意思。

看著這樣的我們，達克妮絲以一臉真的快要哭出來了的模樣說：

「你、你們幾個……對方可是一國之主的女兒喔！狀況一有不對，是真的有可能會被砍頭的喔！和真，你也好好叮囑她們兩個……」

「不過晚宴服還是太老套了啊。好，為了讓公主殿下留下深刻的印象，乾脆訂做個KIMONO（和服）和HAKAMA（袴）……」

「算我求你，我什麼都願意做！只要是我辦得到的事情，我什麼都願意做，所以請你不要穿那些我聽都沒聽過的奇裝異服好嗎！」

達克妮絲如此央求我。

2

「那麼，在公主殿下一行人來之前的這個星期。既然妳都說到這個地步，那各種家事就都交給妳做嘍。」

達克妮絲哭著央求我的隔天。

「……我、我知道了。話說回來，你在紅魔之里說過的那些話，原來是認真的啊。看來是我太小看你了。」

我刻意讓她穿上小一號的女僕裝。

穿上了裙襬改短的特別版服裝的達克妮絲，散發出不愧對情色路線之名的女人味。

這樣的達克妮絲，帶著死了心的表情，在我面前待命。

看著溫順的達克妮絲，我忍不住放肆了起來。

「妳該說的是『遵命，主人』才對吧？」

「……嗯……唔！遵、遵命，主人！我是下賤的母豬……！」

「我可沒叫妳說後面那句。」

我要紅著臉還發著抖的達克妮絲稍安勿躁。

——以放棄KIMONO（和服），並且不對公主殿下做出無禮的舉動為條件，她實現了我一直以來的願望。

沒錯，就是叫她穿著改短的女僕裝，無微不至地照顧我的那個願望。

要是太過放肆我怕事後會很慘，所以會比較收斂一點，不過偶爾嚐點甜頭也沒關係吧。

「那麼，我該做什麼呢？老實說我不曾做過家事，所以完全不知道該從何著手。總之，

我先泡杯茶，潑在和真的褲襠上，然後再慌張地擦乾就可以了吧？」

「不准妳泡茶。」

這個傢伙心目中的女僕到底是怎樣的職業啊？

「這樣好了，妳就隨便打掃一下吧。洗碗之類的就免了，反正妳一定會打破。我不需要那種約定成俗，太不經濟了。」

「……嗯……我知道了……」

達克妮絲似乎有點失望，無精打采地走出大廳。

阿克婭和惠惠到維茲的店去了。

所以，廣大的豪宅當中目前只有我和達克妮絲兩個人。

仔細想想，達克妮絲平常老是給我添麻煩。

今天我可要好好使喚她才行。

而就在這時……

「呀啊啊啊啊！」

隨著一陣非常刻意的尖叫聲，陶器碎裂的聲音大作。

接著，達克妮絲捧著某樣東西的幾塊碎片，跑回到我這邊來。

「非常抱歉，主人！我把主人最寶貝的陶甕打破了！無論您要怎麼處罰我都……！」

「陶甕對我而言不算什麼，我也沒有那種東西，不過要是妳真的把我寶貝的物品弄壞了，處罰就是叫妳穿著那身女僕裝到冒險者公會幫我辦事。」

「！」

——儘管已經滿身塵埃，達克妮絲依然勤奮地抹地板、擦窗框，俐落地做著家事。

而我檢查著達克妮絲打掃的成果。

這麼做的原因只是閒著發慌。

我伸出手指，順著達克妮絲擦過的窗框邊緣滑了過去，然後看了一下指尖。

但是結果不如我的期待，我的指尖沒有沾上灰塵。她把每個角落都擦得一塵不染。

「……嘖，手腳明明那麼不靈活，就只有打掃的時候毫無遺漏……！我原本還想雞蛋裡挑骨頭，假借處罰之名，讓女僕裝十字騎士拉拉蒂娜這個名字傳遍整個公會的說。」

「呵呵，我才不會那麼容易被你處罰呢。你這個傢伙還是一樣，想這些我真的會討厭的事情時特別精準……而且拜託別再叫我拉拉蒂娜了，算我求你。」

在打掃方面，我不給紅著臉的達克妮絲及格分數也不行了。

——然而，在這之後也是。

「……嘖，我還以為妳會出些什麼包，像是把鹽加成糖之類的說……！」

「只要確實看過容器上面寫的字，照理來說並不會弄錯吧。而且我也是幹冒險者這一行的人，煎個肉不算什麼。」

我吃著達克妮絲幫我準備的午餐，不禁低吟。

她準備的是白飯、生菜以及煎肉，都是些簡單而且不會失敗的料理。由此看來，她是真的很不想被處罰。

覺得自己贏了的達克妮絲一臉得意地說：

「呵呵，我用的是相當高級的肉喔。味道如何？」

「普普通通。」

「！」

——掃廁所。

這原本是阿克婭負責的工作。

「……請問，這間廁所還有需要打掃嗎？」

「……看、看來是不需要吧。」

大概是多虧了水之女神的淨化作用吧。

明明打掃得很隨便，但阿克婭管理的廁所卻是整個家裡的每一個地方當中最為乾淨，甚至還閃閃發亮之處。

沒辦法，只好進行下一步了。

「——真的嗎！這真的是女僕最重要的工作嗎！你不是因為我涉世不深，就隨便唬弄我的吧？至少家父就從來沒有叫我家僱用的女僕做這種事情！」

「真的啦！在我的故鄉，女僕如果沒做這種事就不叫女僕了！」

我反覆進出大門，並且要求達克妮絲在我每次進門的時候就得面露微笑，並且說：「歡迎回來，主人。」

「又來了，笑容太僵硬了！妳為什麼總是愛繃著那張臉啊！很可怕耶！再笑開一點，然後說歡迎回來！」

「歡、歡迎回來，主人！」

「不對！手要這樣！腳要這樣！身體再稍微往前傾一點，強調各種地方！妳唯一的長處不就是性感嗎！預備，來！」

「歡迎回來，主人！我是喜歡被整沒錯，但要是你太超過的話，小心我發揮另外一個長處——握力喔……！」

「啊啊啊啊啊，要爆了，我的頭要爆了！好像快噴什麼東西出來了！對不起啦！」

被一招天魔爪抓住太陽穴的我就這樣一邊慘叫，一邊道歉了。

3

「真是的。如果是更令人興奮的處罰或是騷擾，我也不是不願意陪你玩的說……」

「妳嘴上是這麼說，但是在真的快要跨過最後那道界線的時候，妳還不是會退縮。」

玩弄了達克妮絲好一陣子之後，我們現在走在鎮上。

「不過，我看妳也沒有那麼排斥那身女僕裝嘛。妳平常也可以多穿看看那種輕飄飄的裙子啊。」

因為達克妮絲哭著求我別要她穿女僕裝走在街上，經過我的許可，她現在穿的是便服。

「……我不適合那種可愛的衣服啦，這一點我自己最清楚。所以，我希望明天開始可以讓我在做家事的時候也穿便服……」

「那可不成。」

達克妮絲一臉很傷腦筋，但不知為何又有點開心的樣子。而我帶著這樣的她，來到了目的地。

「嗨，我來打擾一下啦——」

「啊，是和真先生，歡迎光臨！正好，和真先生構思出來的點火器具剛送到呢！」

我們抵達的地方是維茲的店。

今天是那些日本有的各種便利道具上架的日子。

已經在店裡面的，是興致盎然地看著開發出來的商品的惠惠，還有乖乖待在一旁喝茶配點心的阿克婭。

最具有衝擊性的那個傢伙好像不在店裡。

惠惠發現我來了，便拿起煤油打火機，把我叫了過去。

「和真和真，快讓我見識一下這個魔道具的力量吧！」

「我不是說過了嗎？這不是魔道具，是我的故鄉的便利道具。算了，妳看好喔。」

我從惠惠手上接過打火機，然後點起了火。

「「「喔喔！」」」

看見我打出來的火，惠惠、達克妮絲，還有維茲三個人都驚叫出聲。

「這、這個好方便喔！真的完全和點火魔法的作用一模一樣嘛！和真先生，這個一定會大賣的啊！」

維茲一臉興奮地如此嚷嚷。

「構造簡單卻很精緻呢。這樣的東西居然不是魔道具，真是難以置信。而且只要珍惜使用，這個應該可以用非常久吧。」

惠惠似乎相當佩服，拿著打火機從各種角度觀察，並且興致勃勃地說出這番感想。

「這我也想要一個。打火石在潮濕的地方不好用，點起火來也得花上一段時間，而且還必須隨身帶著易燃物當火種，更要小心不能弄濕，實在太麻煩了。這個東西可以一次解決所有問題。維茲、和真，給我一個吧。這要多少錢？」

說著，達克妮絲準備從錢包裡拿錢出來。

維茲聽了，帶著微笑說：

「不用錢啦。這是和真先生想出來的東西，我們只是負責製作罷了。而且，這件商品的開發工作也得到各位鼎力相助。看到喜歡的就帶回家吧。」

聽維茲這麼說，達克妮絲和惠惠開心地挑起打火機；而大口吃點心配茶的阿克婭看著這樣的她們，略帶嘲弄地用鼻子哼笑了一聲：

「唉，妳們是未開化民族嗎？不過是一個打火機，有什麼好開心的。這種東西的構造真的非常簡單喔。真是的，文明水平落後的人們就是這樣，真的是喔……」

阿克婭一面以高人一等的態度調侃維茲她們三個，一面把手伸向其中一個打火機……

而我從旁將她伸出來的手拍掉。

「…………怎樣啦。你幹嘛啦，和真？也讓我挑一個嘛。」

「不，妳給我付錢。」

我又補了一句「那還用說嗎」，惹得阿克婭憤而抗議：

「嗄？為什麼啊，為什麼你老是針對我，只對我一個人不好啊！維茲不是說要給我們了嗎？為什麼達克妮絲和惠惠都可以拿，就只有我不行，幹嘛只排擠我一個人啊！」

「如果妳沒有調侃她們三個的話，我本來還想讓妳拿的。再說了，這件事妳根本沒有幫上任何忙吧。維茲是這裡的老闆當然不用說，惠惠教了我紅魔族的魔道具製作知識，達克妮絲也介紹了大型批發商給我認識。這段時間妳根本只有在豪宅裡吃飽睡、睡飽吃而已。想要分紅的話，就給我到外面攬客去。」

聽我這麼說，阿克婭眼中微微泛淚，最後在衝到店外之前放話說：

「哇啊啊啊啊——！和真這個沒骨氣的傢伙！和真都把我們脫下來的髒衣服拿起來一直聞，我本來還想幫你保守這個祕密的耶！」

「喂，等一下！我、我才沒有做那種事情！妳別信口開河啊，喂！……真的啦！惠惠和達克妮絲別用那種眼神看我……等等，連維茲都這樣！不是啦，我是被冤枉的啊！」

正當我為了解開阿克婭隨口瞎扯的誤會而拚命辯解時，離開店裡的阿克婭從入口探頭進來說：

「……如果我找來很多客人，可以拿一個嗎？」

「我給妳就是了，給我先解開這個誤會再走！」

4

魔道具店前方聚集了大批的圍觀群眾。

根據維茲表示，這還是第一次有這麼多人來到這條路上。

而至今還沒現身的巴尼爾，似乎是在鎮上到處發傳單。

或許，那也對這陣騷動有所影響吧。

因為我看見人群之中有人拿著傳單。

「……不過，人還真多啊。」

「……就是說啊。」

對於達克妮絲的低語，我隨口附和。

「……如果這些全部都是為了商品而來的客人，那該有多好……」

「…………就是說啊。」

聽惠惠那麼說，我只能有氣無力地回應。

我看向人群的中心。

一臉困擾的維茲也在我身邊怯生生地說：

「……就、就連打算進我店裡的客人們，也全都被搶走了呢……」

「是啊，就是說啊！啊啊啊啊啊啊啊，那個傢伙到底想怎樣啦啊啊啊啊啊！」

在我們的視線前方，是在大批圍觀群眾當中表演與生俱來的才藝，並博得眾人喝采的阿克婭。

就連看了傳單來到這裡的客人也加入了人群之中，忘了自己是為何而來。

我確實是叫她出去攬客，但可沒叫她讓客人看得入迷到忘記原本的目的。

而阿克婭自己也已經忘記了一開始的目的，使盡渾身解數表演才藝。

「好了，接下來請看我拿出來的這條平凡無奇的手帕！看了包準你們嚇一跳，底下會飛出鴿子來喔！」

說著，阿克婭攤開一條手帕給觀眾看。

這是經常看到的魔術。

事先把鴿子藏在衣服裡面，然後表演得像是從手帕底下飛出來的樣子。

阿克婭揮了揮手帕，手帕底下……

「「「唔喔喔喔喔喔喔喔！」」」

飛出了數量超過一百隻的鴿群，令群聚的觀眾為之驚愕。

「太多了吧！那是怎樣，那個傢伙剛才是怎麼變的？剛才那招以物理層面而言根本辦不到吧！」

我不敢相信自己的眼睛，連忙這麼問身旁的維茲，但是……

「到、到底是怎麼變呢……？我沒有感受到魔力的流動，所以她應該沒有使用召喚魔法，但那麼一大群鴿子也不可能藏得起來……呃……說真的，她到底是怎麼辦到的……？」

就連魔法專家維茲也把手放在嘴邊，煩惱不已。

「啊，不需要打賞。我不是街頭藝人，所以請不要打賞。」

觀眾丟出了大量的賞錢，而阿克婭鄭重謝絕。

關於才藝，她似乎有著某種不願退讓的堅持。

應該說，那個傢伙光靠才藝就可以混口飯吃了吧。

我們覺得有點傻眼，同時又受到阿克婭的才藝水準之高吸引，也混進觀眾裡面開始看了起來。而就在這個時候——

「這、這是什麼狀況……」

不知何時回到這裡的巴尼爾看著圍觀的群眾，一臉茫然。

站在觀眾中間的阿克婭，秀出疑似從維茲的店裡拿出來的大量魔藥，然後說：

「好了，接下來，在我數了三聲之後，這麼一大堆瓶裝的魔藥就會消失得無影無蹤，一瓶也不剩喔！會消失到哪裡去我也完全不知道！那麼我要倒數了！」

「不准數啊，汝這個蠢材！混帳東西，汝到底在此地做什麼！日夜在吾輩的店門把上灑聖水還嫌不夠，終於正面開始妨礙營業了嗎！」

那個傢伙，我還想說她最近怎麼沒事就跑出去閒晃，原來是在做這種事情啊。

「不要妨礙我啦，古怪面具！這裡是屬於天下眾人的馬路，我在這裡表演才藝也不關你的事吧！」

「當然有關啊，蠢材！今天是吾輩賭上此店未來，值得紀念的新商品上市之日！在如此值得慶賀的起程之日，吾可沒空處理汝的妨礙營業之舉！」

兩人就這樣丟下客人不管，大聲叫囂了起來，而維茲也不管這樣的兩人，放聲大喊：

「來到這裡的各位客人，小店今天進了各種便利道具！還請各位進來逛逛喔！」

我第一次看見維茲這麼有老闆的架子！

——雖然發生了不少插曲。

「來來來，歡迎光臨、歡迎光臨！現在只要消費滿一萬艾莉絲，就特別附贈這個會在半夜發出笑聲的巴尼爾玩偶！消費滿五萬艾莉絲的客人更是有福了！將可以得到與吾的同款巴尼爾面具！……不好意思，少年，吾戴的這個面具是非賣品。不好意思，選這個同款不同色的吧……來來來，歡迎光臨，歡迎光臨——！」

就在大聲吆喝攬客的可疑店員，不知為何異常受到小朋友們喜愛的同時……

「謝謝惠顧、謝謝惠顧！啊，要買兩個打火機和巴尼爾面具是嗎！謝謝惠顧！」

日本製的便利道具簡直就是狂銷一空。

怎麼會這樣。早知道會這麼熱賣，我應該更早開始做生意才對。

「達克妮絲，放開我！這樣感覺好像我的客人被搶走了，我好不甘心喔！讓我繼續表演才藝啦！」

「冷靜一點，阿克婭，妳錯失原本的目的了！快點，乖乖跟我過來！」

達克妮絲將想要妨礙營業的阿克婭拖到一旁去的時候，維茲和巴尼爾正忙著接待客人。

等到上門的人潮終於稍微紓解的時候，開心得不得了的巴尼爾來到我們身邊。

「哼哈哈哈哈哈！所謂笑得合不攏嘴就是這麼回事啊！看吧，距離關門時間還這麼久，今天的商品就已經快要賣完了。吾要鄭重感謝汝，出外旅行時和同伴有了點微妙的情愫，卻因為回來之後一點進展也沒有而心神不寧的小鬼啊！」

「喂，你這是在說我嗎？不用多問，就是在說我對吧？你你你、你少亂講喔，我我我我才沒有心神不寧呢！怎、怎樣啦，惠惠，不要一直偷瞄我啦！」

「我、我才沒有偷瞄你，才沒有呢！你有必要動搖成這樣嗎？怎麼可以被惡魔的話語玩弄呢！」

竟然戳中了我從紅魔之里回來之後就一直很在意的這點！

「無論汝輩是要湊成一對還是傳宗接代吾都不想管，只是兩個人都不停偷瞄對方、互相窺伺，讓吾看得很煩悶，還是趕緊衝進旅店或是暗處卿卿我我為佳。不過，現在還有更要緊的事情。」

說真的，還是叫阿克婭把這個傢伙收拾掉算了。

「照這個樣子看來，月底就能湊到汝應分得的三億艾莉絲了。雖然價值不及還要讓汝多等的時日，不過汝就收下這個吧。」

說著，巴尼爾輕輕遞給我的，是款式和他臉上的有些許不同的黑色面具。

「這是在街頭巷尾悄悄引爆話題的，本店的熱賣商品之一，量產型巴尼爾面具。在月夜戴上這個，即可得到神祕的惡魔力量帶來的魔力提升、促進血液循環、肌膚散發光澤，以及狀態絕佳等功效。而且這款黑色面具還是其中相當稀有的款式，汝可以在小朋友們面前炫耀一番喔。」

真、真不想要……

而且戴了這個會不會被詛咒啊……？

5

從那一天起，維茲的店裡客人絡繹不絕這種罕見現象一直持續著。

而今天──

「好了，妳們兩個都知道該怎麼做吧？」

沒錯。今天是期待已久的，和公主殿下聚餐的日子。

在沒有達克妮絲的大廳，我對阿克婭和惠惠這麼說。

我們可不能讓達克妮絲丟臉。

「我當然知道呀。這可是千載難逢的機會。我會拿出壓箱底的宴會才藝炒熱氣氛。沒錯，這樣才不會讓達克妮絲丟臉！……對了，和真，我想表演從帽子裡變出老虎來的才藝，可是卻沒有最關鍵的老虎。事到如今也只好用最接近老虎的初學者殺手來將就一下了，你可以幫我抓一隻回來嗎？」

「我也來個紅魔族風格的華麗登場，讓公主殿下大吃一驚吧。和真，我需要燒了會冒出很多煙的東西還有煙火，這些東西該上哪裡買啊？」

……看來達克妮絲的擔心也不算是不著邊際。

——達斯堤尼斯公館。

阿克塞爾最大的這間宅邸，現正處於全面戒備的狀態。

平常明明沒有那麼多傭人，或許是為了體面吧，今天的人數也變多了。

也難怪會這樣。

因為不久以前，這個國家的第一王女愛麗絲已經來到這間豪宅做客留宿了。

在這樣的達斯堤尼斯公館的玄關。

站在我們面前的，是穿了一身純白禮服的達克妮絲。她將一頭長金髮從鎖骨附近編成了整齊的辮子，自右肩往前垂落。

明明是白淨又清純的禮服，卻因為她本身的體型，整體看起來性感到不行。

「佐藤和真先生，以及各位客人。感謝各位蒞臨寒舍。今天將由我，達斯堤尼斯・福特・拉拉蒂娜作東。還請各位把這裡當成自己家，放鬆心情，盡情享受。」

看起來完全就是個貴族千金的達克妮絲，帶領幾名傭人向我們深深一鞠躬，然後如此恭敬有禮地問候。

她以完美無缺的禮儀如此鄭重招待我們，我好像也應該回禮一下。

「今、今天承蒙您的膠帶……」

卻說沒幾個字就吃螺絲了。

因為我吃了螺絲，讓原本帶著柔和的微笑的達克妮絲臉色一紅，猛然低下頭去。

看她的肩膀抖成那個樣子，應該是在忍笑吧。

這、這個混帳……！

可惡，果然不該做不習慣的事情。

「喂，別笑了達克妮絲，快點帶路吧。這身衣服綁手綁腳的，很不舒服。」

我身上穿的是從服飾出租店租來的黑西裝。

穿上晚宴服配領結之後，阿克婭和惠惠立刻捧腹大笑，於是我決定這輩子不會再穿了。

至於阿克婭和惠惠，結果來不及訂做禮服，所以她們好像要借達克妮絲的禮服來穿。

「那麼，各位請往這邊走。」

肩膀依然在顫抖的達克妮絲，邀請我們進入了宅邸。

「——請在此稍候。大小姐正在幫兩位挑選禮服。」

傭人帶我們到了會客室。

我們在沙發上坐下之後，帶我們來到這裡的傭人為我們泡了茶，說了聲「請隨意」之後，便離開了會客室。

不久之後，帶著別的傭人的達克妮斯拿著禮服走了進來，然後向我們一鞠躬，站到隔壁的休息室前面。

接著，她對阿克婭和惠惠招了招手，示意要她們過去。

於是，阿克婭和惠惠便跟在達克妮絲之後走進了隔壁的房間，不久之後……

「達克妮絲，這件的腰身鬆鬆垮垮的耶，有沒有腰圍更小一點的禮服啊？」

「那、那件已經是腰圍最小的尺寸了……我也沒辦法啊，十字騎士就是要有肌肉……！惠惠，怎麼了？」

「……該怎麼說呢，會整件掉下去。胸圍和腰圍都太大了。有沒有更小件一點的……」

我聽見她們三個這樣的聲音從隔壁傳出。

「這個嘛，也不是沒有啦……只是那件禮服原則上是我小時候的……痛痛痛痛！惠惠，不要拉我的辮子！」

接著，我聽見達克妮絲在裡面吩咐傭人的聲音，之後大概是迅速修改了禮服吧……

終於，一臉疲憊的達克妮絲帶著她們兩個從隔壁房間走了出來。

「喔喔……」

我忍不住讚嘆出聲，讓惠惠聽了害羞地稍微低下頭。

露肩的設計讓她白皙的肌膚大範圍裸露在外，禮服又是與膚色相反的黑色，讓她一改平常的蘿莉形象，感覺看起來特別艷麗。

接著，穿了白色禮服的阿克婭也現身了。

「和真，你看你看——如何啊？這就是所謂的人是衣裝。」

那句其實是在暗喻一個人沒有內涵，不過確實可以用在現在的阿克婭身上就是了。

換下了平常那身以藍色為基調的羽衣，穿上純白禮服的阿克婭所呈現出來的美貌，真的是只要別說話就很有可能被當成女神崇拜。

「和真，這裡有三個大美女耶，稍微稱讚一下、誇獎一下，表示一點敬意，也不會遭天譴吧？」

真的，要是她別說話該有多好。

「好好好，很漂亮很漂亮。更重要的是公主殿下啦，她從昨天就在這宅邸過夜了吧？」

表達出期待之心的我這麼問，達克妮絲便帶著滿心不安的表情說：

「……說真的，你可別冒犯了公主殿下喔。你有的時候會毫不掩飾地說出非常過分的粗言穢語。畢竟冒險者這一行就是打打殺殺，公主殿下或許會因此稍微寬容一點，但只要說錯一句話就真的會被砍頭喔！」

聽達克妮絲這麼說，我的期待更是越來越高漲。

公主。

沒錯，就是公主。

美麗又文靜，喜愛花朵、蝴蝶、小鳥等等的公主。

不，既然她喜歡冒險故事，說不定是個野丫頭。

原本做任何事情全都失敗的我們，終於變成一支有王族主動來見我們的隊伍了。

這樣就算我有點得意忘形也不能怪我吧。

「喂，我先告訴妳們。豪宅是最讓我不捨的一點。在那間豪宅住了這麼久，都已經有感情了，那裡最讓我不捨了……但是，如果公主殿下要我務必去當她的親衛隊還是什麼的話，我可能也會考慮搬家。這點妳們要先有心理準備。」

「你未免也想得太遠了吧。都說這只是普通的餐會罷了。」

在達克妮絲的帶領之下，我們前往派對的會場。

不一會兒，她帶我們來到晚宴用的大房間。

達克妮絲轉身面向我們，鄭重其事地說：

「好了，你們聽好。對方是本國的公主殿下……和真，再怎麼說你好歹還算有點常識，我不太擔心你。不過，你都開了條件要本小姐穿女僕裝侍奉你了，要是這樣還給我闖禍的話，我可饒不了你。阿克婭，希望妳別表演太誇張的才藝。尤其是可能會有危險的才藝更是絕對不行。至於惠惠……現在開始，我要搜妳的身！」

「咦咦！等等等、等一下啦，達克妮絲，為什麼只搜我一個？而且有什麼好搜的，我們剛才還在同一個房間一起換衣服……！啊啊，等一下啦，和真在看！妳看，和真才不會放過這個大好機會，一直盯著我看！」

看著在我的眼前扭打起來的兩人，我問阿克婭：

「妳到底想搞什麼才藝來著？」

「什麼叫搞啊，真沒禮貌。難得有機會見到王族，只讓公主殿下看到我的才藝也太無聊了。所以我打算即興畫出肖像畫……而且我想用砂畫的方式完成。這樣就可以讓她帶回去當紀念品了。」

「是喔。妳還真是多才多藝啊……」

在如此對話的我們面前……

「看吧，我就知道！惠惠，這是什麼！驅趕怪物的煙霧彈，還有打開就會爆炸的魔藥！妳想用這個來做什麼？我就覺得奇怪，妳的胸部也大得太不自然了！」

「算妳厲害，達克妮絲。然而我還有第二、第三招華麗的聲光效果……！」

看著依然在一起胡鬧的兩人，從換穿禮服時就一直跟著我們的傭人沉沉嘆了一口氣：

「……真希望不會連我們也身受其害……」

我也這麼覺得。

6

「……那麼，我們走吧。聽好了，愛麗絲殿下主要由我來應付，你們只要專心吃東西、點點頭就好了。有什麼問題都由我說明。」

說著，達克妮絲站在最前面，推開了門。

門後是空間寬敞，並且醞釀出適度的高級感，又不至於太過奢華的晚宴廳。

裡面的燭台都點了火，維持著相當的亮度。

而且還有好幾位傭人遠遠圍著餐桌，默默待命。

鋪著大紅色地毯的這個房間裡擺了一張大型的餐桌，桌上滿是各式各樣的豪華佳餚，而餐桌的另外一端，坐著一位和達克妮絲以及阿克婭一樣穿著純白禮服的少女。

少女的兩旁，站著兩位妙齡女子。

一位身穿黑色禮服，沒帶任何武器，感覺有點不太起眼。

從她手上閃閃發亮的那些和打扮完全不搭，又大而無當的戒指看來，可以猜出大概是魔法師吧。

而另外一位穿的不是禮服，而是白色的套裝，腰間還配了一把劍，是一位短髮美女。

隨從之所以是女性，大概是因為找男性騎士當年輕公主的護衛有很多不方便之處吧。

達克妮絲帶著我們，緩緩走到她們三位身邊。

「讓您久等了，愛麗絲殿下。這幾位就是我的朋友兼冒險同伴的佐藤和真一行人。好了，你們三位。這位就是這個國家的第一王女，愛麗絲殿下。問候殿下吧，可別失禮了。」

說著，她伸手為我們引介了中間的那位少女。
少女的模樣，可以說是公主的模範。
金色的中長髮，澄澈的碧眼。
散發出高尚的氣質，又隱約給人一種纖弱的印象，是個正統派美少女。
竟有此事，在這個奇幻世界裡，居然會碰上這種符合期待的罕見案例。
戴假耳的精靈和沒鬍鬚的矮人、貓耳的半獸人和令人失望的巫妖。
一直以來目睹的都是這種案例，害我覺得有可能會冒出一個奇葩的公主而保持著警戒。
我的腦袋因為過於感動而停止運轉，此時我身邊的阿克婭輕輕拎起裙擺，以完美的規矩和動作行了個禮。
看見她的模樣，不只我，就連達克妮絲都愣住了。
「我是擔任大祭司的成員，名叫阿克婭。今後還請多多關照……那麼，請容我表演才藝當作問候……」
說著，正打算開始表演的阿克婭被達克妮絲抓住了手。
「失、失陪一下，愛麗絲殿下。我有點事情要和同伴溝通……」
達克妮絲這麼說，而被她抓住手的阿克婭也不甘示弱，輕輕拉扯達克妮絲的辮子抵抗。
這時，惠惠趁達克妮絲把注意力放在阿克婭身上的時候，把手伸進裙子裡面。

然後迅速拿出了一件黑色的披風。

看來她是把披風捲在自己的大腿上加以隱藏，避開了達克妮絲的搜身。

惠惠抖開披風，披到肩上之後隨手一掀，準備來個華麗的自我介紹的時候，她的手也被達克妮絲抓住了。

達克妮絲雙手分別抓著阿克婭和惠惠，辮子還被阿克婭一把捉著不停揉捏，一副快要哭出來的樣子，卻還是拚命保持著笑容。

或許是喜歡上那種觸感了吧，阿克婭不斷揉捏著達克妮絲的辮子，不肯停手。

……這時，近在我眼前的公主殿下把臉湊到白套裝女隨從耳邊，看著我不知道悄悄說了些什麼。

她是不是會害羞啊。

「大膽賤民，竟敢以那種眼神注視王族，太不知分寸了。照理來說，以我們之間的身分之差根本不該同桌進餐，也無法直接會面。低下頭去，不得與我對望。更重要的是，快點打完招呼，開始說你的冒險故事吧……殿下如此表示。」

聽白套裝女這麼說，我停下所有動作。

接著，不久之後我想通了。

像日本也是，在還有武士階級的時代，主公和家臣因為身份有別，不會一起用餐，或者是會在不同時間用餐。

之所以特地由白套裝女坐那種類似口譯的舉動，也是為了避免和底層的人直接對話吧。

本來我還因為達克妮絲和她老爸而對貴族有點好感，但是最原本的貴族和王族應該是這樣才對。

原來如此，我懂了……於是我說：

「換人。」

「愛麗絲殿下，不好意思要請您稍候片刻！看來我的同伴們因為過於緊張而有些亢奮，我稍微和他們溝通一下……！」

達克妮絲抓著我的手，把我拖到廳室的角落。

「你這個傢伙是怎樣，你這個傢伙是怎樣！換人是什麼意思！你以為我是為了什麼才忍受那種屈辱侍奉你啊！這和我們說好的不一樣吧！」

達克妮絲打算掐住我的脖子，而我拉扯她的辮子加以抵抗。

「我才想說那是什麼意思，和我們說好的不一樣吧！說什麼有公主要來害我那麼期待，結果她是怎樣！我原本期待的是類似……『我很嚮往外面的世界！勇敢的冒險者先生，請務必讓我聽聽您的冒險故事！』這樣的公主耶，那種態度叫想和我們聚餐喔，瞧不起人嘛！」

「混、混帳，住手……！嗯啊……為、為什麼今天大家都要拉我的頭髮啊……！嗯……這、這裡不行，這種事情應該在、在兩個人獨處的時候……！」

眼見達克妮絲說著這種蠢話，臉頰開始泛紅，我指著公主殿下那邊對她說：

「話說，那個傢伙已經開始不知道在搞什麼了，妳不去管一下嗎？」

我指的是阿克婭。她以手指沾著漿糊在一張紙上描繪，然後從上面撒了沙子。

就這樣，她三兩下就完成了一幅極為細緻的沙畫。

沙畫的完成度極高，遠遠看過去簡直會誤以為是黑白照片之類的……

「首先送給公主殿下這個，作為友誼的象徵。這幅畫就連嘴角沾了醬汁的邋遢模樣也忠實重現……」

聽了阿克婭這句多餘的說明，公主殿下連忙擦了擦嘴角。

「愛麗絲殿下，我立刻將這個無禮之徒轟出去，請您稍候！」

達克妮絲厲聲大喊，雙手一把抓起禮服的裙襬，衝了過去。

公主殿下聽了，對身旁的白套裝女耳語。

「難得看到沉默又冷靜的拉拉蒂娜展現出那麼慌張的一面，這次我就不計較了。冒險者難免沒什麼禮貌。更重要的是，快點說你們的冒險故事吧。殿下如此表示。」

在白套裝女進行口譯的時候，看著拚命保護懷裡的沙畫的阿克婭，還有千方百計想要搶走沙畫的達克妮絲，公主殿下開心地微微一笑。

達克妮絲對這樣的公主殿下深深一鞠躬：

「非常抱歉，愛麗絲殿下！該怎麼說呢，這三個人在冒險者當中也是特別容易闖禍的一群人……！」

就在她如此拚命辯解的時候，阿克婭說了聲「給妳」，便將沙畫交給了公主殿下。

公主殿下接過畫一看，帶著驚訝的表情對白套裝女耳語。

「竟然在這麼短的時間內畫出如此精緻的沙畫……！好厲害，太厲害了！給妳獎賞吧！殿下如此表示。」

白套裝女一邊這麼說，一邊從口袋裡拿出一樣東西，交給阿克婭。

是一顆小巧的寶石。

就連鑑定眼光只有門外漢水準的我，也看得出那顆寶石頗具價值。

阿克婭收下之後，以拇指和食指拿起漂亮的寶石，對著光開心地看個不停。

這時，低著頭顯得很不好意思的達克妮絲，紅著臉在公主殿下右邊的座位上坐下。

接著，惠惠和阿克婭也在達克妮絲身邊並肩坐下。

而公主殿下對我招了招手，示意要我坐在她左邊的座位。

公主殿下不住偷瞄乖乖在她身邊坐下的我，同時對白套裝女耳語。

「你就是魔劍勇者御劍曾經提起的那個人吧？讓我聽聽你的故事吧。殿下如此表示……就連御劍大人也要敬你三分，我也很想聽聽你的故事呢。」

御劍在國家高層當中是很有名的人嗎？

應該說，那個傢伙到底是怎麼說我的啊？

在白套裝女和公主殿下充滿期待的眼神注視之下，我開始訴說過去的回憶……

7

「於是我靈機一動，設下了陷阱。我故意解除封印，都是為了將席薇亞關在裡面！如此一來，才能夠爭取時間，讓紅魔族重整旗鼓！」

「太厲害了！之前我也聽過許多冒險者的故事，不過這還是我第一次知道有人用你這種方法戰鬥！也是第一次聽見如此緊張刺激、令人膽戰心驚的故事呢！其他冒險者的故事，動不動就是以多麼華麗的方式殲滅了怪物，不然就是只靠一把劍就打倒了某座山上的惡龍……之前那些冒險者的故事確實很精彩，卻都是絕對不會輸的勇者壓倒性解決怪物的故事……！

殿下如此表示。」

聽著我的冒險故事，公主殿下的眼睛像小孩子一般閃閃發亮。

身分高貴的人如此期待聽著我的故事。

在這種狀況之下，也不能怪我稍微壯起膽來說大話吧。

「……吶，那個男人居然這麼說耶。」

我聽見阿克婭的交頭接耳聲從餐桌的斜對面傳過來。

而我絲毫不在意這樣的聲音，繼續說了下去。

「公主殿下，這是因為其他冒險者們去對付的都是些符合自己實力的對象。我不是說那樣不好，只是和我這種總是和比我強大的對手交戰，每天都在力爭上游的人就是不一樣。」

「太了不起了！你說自己每天都在力爭上游，我想請問一下你平常過的是怎樣的生活呢……？殿下如此表示……我也很好奇，像你這樣的人每天過的是怎樣的生活……」

我對佩服不已的公主殿下和白套裝女說：

「這個嘛……平常呢，我白天都故意把自己關在家裡養精蓄銳，等到傍晚天色變暗了才出門。然後，在不為人知的狀況下暗中在鎮上巡邏，為維持治安貢獻一分心力。」

我幾乎沒什麼碰那些豪華的餐點，只有喝了點飲料，並且如此說明。

繼阿克婭之後，惠惠輕微的耳語聲也從餐桌對面傳了過來：

「阿克婭，那個男人也太鬼扯了吧，居然把在家裡無所事事到傍晚才晃出去夜遊的墮落生活說成是維持治安的行動耶。」

「噓，我們再觀察一下狀況。那個男人一定會得意忘形。到時候他一定會自掘墳墓的，妳等著看吧。」

我也聽見阿克婭如此低語，但我可沒有蠢到那種程度。

對話的時候，我會看公主殿下的表情和反應遣詞用字。

當我看向達克妮絲時，發現她低著頭，好像不太好意思的樣子，而坐在她旁邊的惠惠還不停揉捏著她的辮子。

看來，惠惠也喜歡上達克妮絲的辮子的觸感了。

達克妮絲似乎發現讓惠惠在玩她的頭髮的時候很乖，所以任憑惠惠玩弄。

聽完我的故事，公主殿下心滿意足地嘆了口氣，對白套裝女耳語。

「你真是個非常奇特的冒險者。總覺得你和我之前見過的冒險者們有點不太一樣。你在成為冒險者之前，從事的是怎樣的工作呢？殿下如此表示。」

之前的工作啊……

我懷念地回想著在日本的生活，同時說：

「在來到這個國家以前，我的工作是幫家人守住一個可以回來的地方。每天默默磨練著自己的實力，保護那個重要的地方免受災厄侵襲，同時卻又無法得到任何人的理解與讚揚，是個悲慘的工作……」

聽我這麼說……

「嗯，那是守護首都城堡的衛兵之類的工作嗎？……他們平常也很少受到讚揚呢。不過他們沒有受到讚揚，也表示王都一切平安就是了……我想，你也是在不為人知的狀況下，保護故鄉免受各種災厄侵襲對吧。」

聽白套裝女這如此表示，我用力點了點頭。

「像是打發掉說著『三個月也可以』，並強逼我們締結契約的對手，或是擊退覬覦我們家財產的對手等等，總之各種對手都有。」

沒錯，我說的是報社的業務和某電視公司的電波接收費徵收人員。

聽了我的說詞，白套裝女大吃一驚，在公主殿下的耳邊低聲說：

「強逼他們締結契約……一定是趕跑了惡魔……財產……想必是土匪吧……」

我斷斷續續地聽見這些詞彙時，發現阿克婭一臉欲言又止的看著我。

儘管我別過頭躲避她的視線，她好像還是一直看著我。

夠了，我又沒說謊。不准看我。

8

就在大家都吃得差不多，也都聊得差不多的時候。

在我得意忘形地說了一大堆之後，白套裝女突然對我說：

「沒想到你竟然贏過那位魔劍勇者，御劍大人啊……請容我做個無理的要求，能否借看一下和真先生的冒險者卡片呢？我想見識一下和真先生的技能分配，作為今後的參考……」

竟然做出了這麼不得了要求。

我的冒險者卡片這麼有個性，怎麼能讓她們看呢？

要是他們問起我的巫妖技能是在哪裡學來，可就真的不妙了。

惠惠察覺到我的焦急……

「那個，我們冒險者實在是不太方便把自己的底牌洩漏給別人看，就算是公主殿下的隨從也一樣……啊，先別說這個了！阿克婭，宴會也到了酒酣耳熱的時候了，妳也差不多該表演一下壓軸的必殺才藝……！」

便這麼從旁幫腔，設法轉移話題。

當然阿克婭也……！

「……？我今天已經畫出很不錯的沙畫了，就不表演了。怎麼，惠惠那麼想看我的才藝嗎？真拿妳沒辦法，等明天吧，要是我的興致來了再表演一招超厲害的給妳看。吶，多拿一點這種酒來——多拿點來——」

阿克婭今天依然非常不識相，一直催促傭人補酒。

白套裝女狐疑地歪著頭說：

「我們並非冒險者同業，而是王國的貴族，也不會隨意洩漏和真先生的資訊喔。參考和真先生的技能，將有助於強化本國士兵的戰力。打倒魔王乃人類的夙願。能否請您協助我們強化王國的戰力呢？還是說，您有什麼不能讓我們看的理由呢？」

就是有不能讓妳們看的理由啊。

正當此時。

「這個男人的職業是號稱最弱的冒險者。他應該是覺得很丟臉，不希望這件事曝光吧。還請您看在我的面子上，別叫他拿卡片出來了好嗎？」

達克妮絲帶著微笑，對白套裝女這麼說。

「就、就是這樣，我先前故意省略沒提，其實我是最弱的職業。哎呀，真是丟臉啊，居然露餡了。」

我抓了抓頭這麼說，白套裝女便傻眼地改變了態度說：

「竟然是最弱的職業……你的戰果真的有剛才說的那麼優異嗎？而且你說曾經和御劍大人一決勝負還贏了，這也是真的嗎？如果你說的是真的，能不能說明一下你是如何贏過御劍大人的呢？」

她的語氣固然很客氣，但是說話的內容顯然是在懷疑我。

對付御劍的時候，我是用偷襲的方式，而且還用偷竊技能搶走了魔劍才贏過他的，但我總不能照實說出這麼遜的贏法吧。

……這時，公主殿下拉了拉白套裝女的衣服下襬。

然後，她一邊看著我，一邊在白套裝女的耳邊輕聲細語……

聽她說完之後，白套裝女顯得有點困惑，支吾了一下才說：

「……這、這個……我不相信型男御劍大人會輸給最弱職業的人。你是不是說謊誆騙身為王族的我？配戴魔劍的劍術大師之名在王都可以說是無人不曉。這樣的他怎麼可能在新進冒險者的城鎮輸給最弱職業的人，我實在無法相信，更何況他還是個型男……殿下如此表示……我也這麼覺得，更何況他還是個型男。」

「喂，妳們這兩個傢伙是怎樣啊，就算是我也會想扁妳們喔。」

聽白套裝女開口閉口就是型男，稱不上型男的我忍不住如此吐嘈。

沒錯，就像平常一樣，完全忘了對方是王族。

聽我這麼說，白套裝女突然暴怒：

「大膽刁民！該死的傢伙，你稱呼王族為『這兩個傢伙』是何居心！」

她在如此大喊的同時，也拔出配在腰間的劍。

嗚喔，慘了！

「非常抱歉，我的同伴竟然做出這種無禮之舉……！畢竟，他是個不懂任何禮節與規矩的男人，還請看在我的面子上，饒過他吧……！這個男人的功勳顯赫是事實，而且要是愛麗絲殿下主動要求這場餐會卻處罰了他，只怕傳出去外面不好聽……」

達克妮絲代替我低頭謝罪。

公主殿下見狀，對白套裝女耳語。

「……愛麗絲殿下如此表示：達斯堤尼斯家至今對這個國家多有貢獻，這次就看在達斯堤尼斯之名的份上不予追究。但是我感到不太愉快。冒險故事的獎賞我還是會照給。叫那個最弱職業的騙子拿著獎賞離開吧。」

哎呀，這麼說還真是嚴苛啊！

不過多虧達克妮絲幫忙，我才得救了。

可是，說了那種像是要叫人吐嘈的話，結果被吐嘈了卻發脾氣，真是太不講理了。

我正準備盡快離開現場的時候……

「痛痛痛！喂，惠惠，妳幹嘛……！」

達克妮絲突然放聲慘叫。

看來，惠惠似乎是一時怒急攻心，用力拉扯了她原本握在手裡揉捏的達克妮絲的辮子。

察覺到是怎麼回事的達克妮斯自然不在話下，連我也不禁臉色蒼白了起來。

惠惠大概是我們的小隊當中最重視同伴的一個了。

在紅魔之里逃離席薇亞身邊時，聽她說即使我們逃走了，今後還是會繼續追殺我們的時候，惠惠也正面挑戰了魔王軍的幹部。

貫徹有人找架吵必定奉陪的鐵律，在我們當中最容易生氣、一點耐性也沒有的惠惠，在這種況下怎麼可能不闖禍……！

「…………」

惠惠繼續握著達克妮絲的辮子，揉捏了幾下。

之後，她好像已經藉此紓發了心情的樣子，放開辮子，繼續回去吃東西。

我本來還以為她會口出惡言，說些「喂，妳再說一次試試看」之類比我還誇張的話，害我內心都涼了一半，結果卻是這樣，讓我有點洩氣。

就在公主殿下和白套裝女一臉傻眼的時候，達克妮絲詫異地問了惠惠：

「……惠惠，妳今天還真是莫名地乖巧呢。我原本以為妳會嚷嚷著爆裂什麼的……」

惠惠默默將餐點放進口中，細細咀嚼。

等到吞嚥下去之後，她這才輕聲說：

「如果只有我一個人，我當然不可能忍耐，不過要是我在這裡大吵大鬧的話，傷腦筋的會是達克妮絲吧。」

說完，惠惠又默默吃起東西。

達克妮絲聽她這麼說，盯著她看了一下，陷入一陣沉默……

然後，達克妮斯當場站了起來，對公主殿下行一鞠躬。

「非常抱歉，愛麗絲殿下……您剛才說這個男人是騙子的那句話，可以請您收回嗎？這個男人確實是誇大其辭，不過並沒有說謊。而且，儘管是最弱的職業，但是在緊要關頭卻比任何人都還可靠。這是我的請求，愛麗絲殿下。還請您訂正方才的發言，向他道歉好嗎？」

達克妮絲這番話，更讓白套裝女義憤填膺：

「您說的這是什麼話啊，達斯堤尼斯爵士！竟然要愛麗絲殿下向一個庶民道歉……！」

這時，公主殿下忽然站了起來，親自開口大聲宣言。

這讓我們也聽見了她的聲音。

「……我不會道歉。如果他說的不是謊話，就叫那個男人說明自己是如何贏過御劍先生的。要是辦不到，就表示那個男人確實是弱小又只會出一張嘴的騙……！」

公主殿下還沒說完就被打斷了。

因為，達克妮絲一聲不吭地打了她一巴掌。

「您這是在做什麼，達斯堤尼斯爵士！」

暴怒的白套裝女站到被打了巴掌，茫然若失的公主殿下身前，憑著怒氣砍向達克妮絲。

「啊！不、不可以……！」

公主殿下急切地如此大喊。

然而她的制止之聲已經來不及，白套裝女的劍眼看著就要落在達克妮絲身上……！

「！」

隨著一個「喀茲」的悶響，那把劍陷進了達克妮絲高舉的白皙手臂。

紅色的鮮血四濺。公主殿下、達克妮絲，以及白套裝女身上的衣服，全都被鮮血染紅。

白套裝女沒有任何動作。

不，應該說是動彈不得。

我想，她揮劍的時候應該是打算砍斷達克妮絲的手臂吧。

然而，那一劍卻只有稍微劃開達克妮絲的手臂的皮膚和肌肉便停了下來。

達克妮絲沒有多看一臉驚愕，並動彈不得的白套裝女一眼，默默面向公主殿下。

我們隊上最引以為傲的十字騎士可是很硬的。

我猜，她應該是這個國家最硬的一個人了吧。

「愛麗絲殿下，剛才是我失禮了。但是，那個男人總是盡全力戰鬥，建立了那麼輝煌的功勳，殿下不應該對他說那種話。他也沒有責任說明自己如何贏過那位魔劍士。而且，就算他不肯說明，也不應該因此受到辱罵。」

手臂依然流著血，達克妮絲一臉歉疚地摸著公主殿下剛才被她打過的臉頰，同時像是在耐心教導小孩子似地，以輕柔的聲音這麼說。

一臉茫然的公主殿下抬頭看著達克妮絲。

而我對著依然一臉蒼白，表情當中寫滿驚訝的白套裝女說：

「……好吧，我知道了。我的同伴都這麼袒護我了，我總不能什麼也不說了吧……就讓妳見識一下我是怎麼贏過御劍的吧。不過，這招實在不太光采就是了。」

說話的同時，我也站了起來。

白套裝女聽我這麼說先是瞪大了眼睛，接著把劍收回手邊，擺出架勢。

「夠了，已經夠了！克萊兒，我已經不介意了！」

公主殿下悲痛地大喊。

現在的公主殿下身上，已經沒有不久之前那種高高在上的感覺了。

到底是怎麼了，也差太多了吧。

其實這個女孩的本性並不壞嗎？

「……如果你不介意的話，我也不會多說什麼。動手吧，和真。我想，你應該不會在這種時候落敗吧？」

達克妮絲一面用一隻手壓著傷口，一面笑著對我出言挑釁。

而我對白套裝女伸出一隻手，如此回應：

「那當然，妳也不想想我之前對抗的都是怎樣的對手！魔劍士和魔王軍的幹部，甚至是高額獎金的懸賞對象！我平常對付的都是這種敵人耶！接招吧，首先是『Steal』——！」

我對仍在觀察我如何出招的白套裝女大喊！

就這樣竊取她的劍，然後一口氣攻……！

……攻勢就此中斷。

我輕聲向白套裝女道了歉：

「對不起。這個……還給妳……」

「……？咦？啊……！呀啊啊啊啊啊！」

白套裝女放開手上的劍，驚慌失措地摸了摸下腹部，而我提心吊膽地將握在手中的白色內褲遞給了她。

「你這個傢伙是怎樣，你這個傢伙是怎樣！就不能帥氣的搞定這件事情嗎！」

9

「那個……沒想到事情會變成這樣，真是非常抱歉……」

白套裝女對我們道歉。

公主殿下站在她身邊，把臉埋進她的手臂裡躲了起來。

而達克妮絲對白套裝女說：

「沒關係，妳別放在心上。我們也有失禮之處。傷口也像這樣不著痕跡地治癒了，我想還是就這樣讓這件事過去吧。」

說著，她溫柔的笑了一下。

白套裝女看見她的笑，也羞怯地紅了臉。

公主殿下和白套裝女似乎都已經不再介意我是怎麼贏過御劍的了。

「……話說回來，居然能夠瞬間將那個傷口治療到一點痕跡也沒有……那位大祭司真是法力高強啊。」

說著，白套裝女看向趴在餐桌上的阿克婭。

我還想說這個傢伙怎麼從剛才開始就這麼乖，原來是一個人喝醉了，一直睡到現在。

我為了叫她治療達克妮絲的傷勢將她叫醒，結果在治好的同時她又睡著了。

不過，要是她醒著又會破壞現在的氣氛，還是讓她睡吧。

白套裝女又說：

「還有耐打的達斯堤尼斯爵士。而且從那雙紅色的眼睛看來，那位小姐應該是紅魔族的吧……如此構成的小隊，難怪能夠擊退魔王軍的幹部……至於和真先生嘛……」

不知為何，只有在提到我的時候，白套裝女以懷疑的眼神看著我。

看來，對於我剛才偷了她的內褲這件事，還懷恨在心吧。

這時，一直在一旁忸忸怩怩的公主殿下找上了另外一名女子，而不是白套裝女。

目前為止沒說過任何一句話，甚至沒有任何動作，讓我一直忘記她的存在的女魔法師聽了公主殿下的耳語之後說：

「愛麗絲殿下。這種事情應該由您親自說出口比較好喔。沒問題的，我從剛才就一直在觀察，和真先生對愛麗絲殿下應該很寬容才對喔。」

哎呀，有種被初次見面的人說成蘿莉控的感覺。

公主殿下低著頭，走到我面前。

「……對不起，我不應該說你是騙子……你願意再說冒險故事給我聽嗎？」

儘管顯得很不好意思，公主殿下還是以楚楚動人的眼神看著我這麼說。

「樂意之至！」

「——好了，那麼我們就此回城。達斯堤尼斯爵士、各位，給幾位添麻煩了。」

魔法師大姊姊這麼說。

「我們才是沒能好好招待各位……愛麗絲殿下，下次我到城裡拜訪的時候，我們再好好聊聊吧。到時候，我會準備好各式各樣的冒險故事。」

聽達克妮絲帶著微笑這麼說，公主殿下也靦腆的笑了。

兩人的互動，看起來就像是愛護妹妹的姊姊和敬愛姊姊的妹妹一樣。

平靜地看顧著兩人，魔法師大姊姊開始詠唱瞬間移動魔法。

接著……

「那麼，各位至今建立的彪炳功勳，想必將留在王國的紀錄之中，流芳百世。王國頒發這些給各位，以表讚揚。」

說著，白套裝女拿出獎狀和一袋東西……

交給了達克妮絲，而不是我。

……好啦隨便啦我是無所謂啦！

「真是感激不盡……那麼，愛麗絲殿下，請保重身體……！」

接過那些的達克妮絲露出溫柔的微笑，惠惠也在她身邊揮手道別。

「再會了，公主殿下。總有一天，我會再去找妳，說我的冒險故事給妳聽。」

說著，我也打算向公主殿下揮手道別，而就在這個時候。

在女魔法師完成瞬間移動魔法的詠唱之際，公主殿下牽起我的手。

「你在說什麼啊？」

說著，公主殿下露出一臉疑惑的表情。

「『Teleport』！」

隨著女魔法師的這道喊聲，我和公主殿下一行人一起被光芒籠罩，因而閉上了眼睛。

不久之後，我睜開了雙眼……

看見的是背對著一座大城堡的公主殿下，對我露出天真無邪的笑。

看來，被公主殿下抓住手的我，似乎也一起傳送到城堡來了。

「「愛麗絲殿下！」」

白套裝女和魔法師大姊姊齊聲驚叫。

「你不是說，願意再說冒險故事給我聽嗎？」

公主殿下如此表示，對我笑了笑。

不愧是貴族們的老大，王族旁若無人的態度真不是蓋的。

第二章

對聰明的少女再施教育！

1

四下已是完全的黑暗，這個時間眾人應該都已入眠才對。

儘管現在是這樣的時段。

「「「歡迎回來，愛麗絲殿下！」」」

簡直就像是在等待我們抵達似的，許多侍女一起迎接了我們。

這裡是位於王都中心的城堡當中的大廳。

我一心想著事情到底是為什麼會變成這樣，腦袋處於半停擺的狀態，只能乖乖跟在公主殿下後面走。

公主殿下和白套裝女帶著我，來到城堡上層一間豪華的房間。

帶我來到這裡之後，白套裝女便表示有事情要報告而先行離開，留下我和公主殿下以及女魔法師在房間裡。

途中和我擦身而過的人們，看見我也沒有指責，只是點了一下頭就走過。

雖然自己這樣講好像也有點怪，不過你們任憑這種可疑人士在城堡裡遊蕩都不用管嗎？怎麼辦，我超想回家。

不久之前，我還興高采烈地想著要是被公主殿下看上，命令我成為她的專屬騎士該怎麼辦的說。

正當我還因為突然被綁架而處於恐慌狀態的時候，公主殿下開始對魔法師大姊姊耳語。

女魔法師不住點頭，不久之後笑著對我說：

「佐藤和真先生，歡迎來到這座城堡。你是我請回來的客人，所以不需要過度注意禮節規矩，也不用太客氣。請把這裡當成自己家，放鬆心情住下來。這個房間暫時就是你的房間了……那麼，請繼續說你的冒險故事吧！殿下這麼說。」

「不好意思，稍等一下，不好意思。這位小姐，不好意思。魔法師小姐，可以請妳跟我過來一下嗎？」

聽她這麼說，我走到房間的角落，不斷招手要魔法師過來。

「有什麼事嗎？……啊，叫我蕾茵就可以了。對我也不需要用敬語。原則上我也算是貴族的一員，但只是個根本和達斯堤尼斯家沒得比的小貴族而已。既然是達斯堤尼斯爵士的朋友，反而可以說是您的立場比我還要高上一等吧……」

魔法師大姊姊蕾茵對我這麼說。

「原來如此。那麼，蕾茵小姐。我有件事情想請教妳。」

「就說不必用敬語了……而且直接叫名字就可以了……是什麼事呢？」

蕾茵有點失望地對我這麼說，不過對方可是初次見面，年紀又比我大的貴族女性，要我突然對這種人直呼名諱，我的神經還沒那麼大條。

應該說，不久之前我才在達克妮絲家被白套裝女怒罵是無禮之徒呢。

就算對方說沒關係，現在也沒有達克妮絲可以在事有萬一的時候包庇我，而且即使是我也沒那個膽量。

我一面留意一臉無聊的公主殿下，一面低聲說：

「呃——蕾茵小姐……是時候為我說明一下狀況了吧……公主殿下堅稱是請我回來作客的，不過……這是綁架對吧？」

「不是。你是殿下請回來的客人。這不是綁架。」

「屁啦，這根本就是綁架。」

蕾茵沒有理會我的吐嘈，彎低身子，輕聲細語地說：

「……身為王族，隨時都得嚴以律己。平常就是個聽話的乖孩子，不麻煩任何人的愛麗絲殿下，這還是有生以來第一次做出這樣的舉動。這個城堡裡，並沒有身分和愛麗絲殿下相當，而且年紀也相近的玩伴。能不能請你看在這是愛麗絲殿下的第一次任性的份上，就這樣住下來，暫時陪殿下玩一陣子呢？」

…………是怎樣？

「不不不，妳這樣說我也沒辦法啊。老實說，我的冒險故事剛才已經大致上都說完了。妳能不能告訴公主殿下這件事，放我回去啊？告訴公主殿下，我已經沒有她會喜歡的冒險故事可以說了。」

聽我這麼說，蕾茵走到公主殿下身邊，輕聲說明了我說過的話。

不久之後……

「我之所以把你帶來這裡，是因為拉拉蒂娜打了我，我才會這麼惡作劇，當成是一點小小的報復……」

蕾茵如此口譯時，公主殿下也在一旁聽著，一副意志消沉的樣子。

「……還有，你們和拉拉蒂娜的互動看起來很開心，讓我好羨慕……突然說出這種任性的話，我真的很抱歉。可是，不用太久，只要幾天就好，可不可以請你和我一起玩呢？殿下這麼說。」

……這樣有點可愛啊。

也就是說，我只要陪公主殿下玩一陣子就好了嗎？

要是在這種時候說不，留下負面印象，拖累達克妮絲的評價就不好了……

「……我明白了。那麼，我們來聊聊達克妮絲……拉拉蒂娜的事情好了。蕾茵小姐，我的同伴應該很擔心，可以請妳向她們說明一下我會暫時住在這裡嗎？」

聽我這麼拜託她，蕾茵說了聲「我知道了」，便離開房間。

理所當然的，這個豪華的房間裡，就只剩下我和公主殿下兩個人獨處。

原則上，還有兩名女騎士在門外待命，大概是公主殿下的護衛吧。

但是，正值花樣年華的公主殿下晚上和年輕男子兩個人在房間裡獨處真的沒問題嗎？突然就讓一個才剛見面而且身分不明人士留宿可以嗎？再說了，儘管起因是公主殿下耍任性，但要是國王陛下或是其他皇親貴族發現了難道不會被罵嗎？諸如此類的壞念頭一直在我的腦袋裡盤旋。

或許是看穿了我在擔心什麼吧，公主殿下帶著微笑說：

「父親大人帶著將軍和兄長大人一起遠征去了，目前人在和魔王軍爭戰的最前線的城鎮。除非是非常嚴重的問題，不然沒有人會責怪我們……像這樣只有我們兩個人獨處的時候，你可以像平常對拉拉蒂娜……不，你們都叫她達克妮絲對不對？你可以像平常對達克妮絲說話的時候那樣遣詞用字沒關係……請你告訴我城外的種種吧。」

說著，她就在房間裡的床上坐了下來。

2

完成了各種報告以及手續之後，白套裝女回到房間來了。

「打擾了……愛麗絲殿下，我已經辦完各種手續。這樣和真大人便正式具備訪客身分，可以請他毫無顧忌地留在這座城堡裡……」

回來的時候，正好也是我對公主殿下說的故事來到最高潮的時候。

「然後，達克妮絲說：『嗚嗚……為、為什麼會變成這樣……』。接著，全裸的達克妮絲就這樣繞到我的背後，面紅耳赤地緊緊握著毛巾，害羞不已地……！」

「害、害羞不已地……？害羞不已地怎麼了……？」

「害羞不已地怎麼了！你在灌輸愛麗絲殿下什麼奇怪的事情啊，就這麼想被砍嗎？你這個混帳東西——————！」

白套裝女站到我面前，護住坐在床上，聽我說的故事聽得入迷到整個人向前傾的公主殿下，並且拔出劍，大聲怒罵。

「等、等一下！請等一下！這是愛麗絲要我一定要說給她聽……！」

「混帳東西，區區的冒險者竟敢竟然大逆不道，直呼愛麗絲殿下的名諱……！給我叫公主殿下！還有，你剛才對愛麗絲殿下是怎麼說話的——！」

這個傢伙很麻煩耶！

「等一下，克萊兒，是我跟和真先生說，直呼我的名諱無妨的。我也告訴他可以不必拘泥遣詞用字，保持自然即可。先、先別說這些了，和真先生，拉拉蒂娜她……！全裸的拉拉蒂娜她害羞不已地緊緊握著毛巾，然後做了什麼？」

「愛麗絲殿下，不可以！不可以聽那種話題，和真大人，請不要灌輸那方面的事情給愛麗絲殿下！應、應該說，身為平民的你，和達斯堤尼斯爵士，就是……一、一起洗澡這種事情……不、不是真的吧？」

從剛才就一直坐在床上，握緊拳頭，一臉認真地聽著故事的公主殿下。

在公主殿下催促我快點講的時候，我坐在房間裡的椅子上，對著和公主殿下同樣一臉認真地這麼問的，名叫克萊兒的白套裝女說：

「千真萬確。妳不信的話，這樣好了，這麼大的城堡裡應該有那個吧？在大型城鎮的警察局裡都會有的，偵訊的時候用的那個，說謊的時候就會叮鈴響的東西。有的話就算拿那種魔道具來也沒關係喔。」

聽我這麼說，她似乎也認定了我不是在說謊。

「我就相信你沒有說謊好了，剛才我也在達斯堤尼斯爵士的宅邸懷疑過你……但、但是，還是請你別告訴愛麗絲殿下有關這方面的事情！」

克萊兒姑且收起了劍，然後在這麼說的同時瞪了我一眼。

「要不要聽我說什麼事情應該由愛麗絲殿下決定。妳是愛麗絲殿下的隨從，沒道理由妳發號施令。我剛才明明說得那麼開心卻被妳跑出來攪局，真是掃興！妳快點出去啦！我要繼續講剛才那件事了，妳出去！」

「我怎麼可能讓你繼續說啊，蠢材！而且我並非隨從，你這個無禮之徒！我可是足以和與和真大人關係良好的達斯堤尼斯家並稱的，辛佛尼亞家的長女克萊兒。是愛麗絲殿下的護衛，同時……」

我沒有理會開始自吹自擂的克萊兒，對公主殿下說：

「那麼，因為那個雞蛋裡挑骨頭的白套裝女說不可以講這件事，不然換個話題好了。」

「你、你叫誰白套裝女啊，下賤的無禮之徒，稱呼我為克萊兒大人！真是夠了，這個男人是怎樣啊……達斯堤尼斯爵士平常一定也吃了不少苦吧……！」

或許是顧慮到動不動就針對我的克萊兒吧，公主殿下一臉有點遺憾地說：

「這也沒辦法……雖然很可惜，剛才的那件事只好改天再說了。」

聽見乖乖聽話的公主殿下這麼說，克萊兒這才放心地鬆了一口氣。

原來如此，看來她平常是真的沒耍過任性。

「那麼，挑件別的事情吧。有一次我和達克妮絲要一決勝負，約定好落敗的一方得接受非常不得了的懲罰，最後我贏了，就講這個好了……」

「就就、就這個！請務必告訴我詳情！」

「不、不可以！不可以，愛麗絲殿下，不可以聽這個男人說的任何事情！這個男人太糟糕了！」

3

時刻應該已經過了深夜了吧。

一直到不久之前，克萊兒還和公主殿下一起聽著我說的故事，一下子生氣、一下子生氣，一下子又生氣的，簡直一刻也不得閒。

最後大概是氣到累了，克萊兒打起盹來，現在已經倒在公主殿下坐的那張床上睡著了。

至於公主殿下，她似乎非常喜歡我說的故事，看起來一點也沒有想睡的樣子，依然興致勃勃地聽著。

我們已經完全打成一片，也完全不拘泥遣詞用字了。

而且，冒險故事和同伴們的話題老早就已經說完……

「然後呢？在那個叫『學校』的地方辦的『校慶』是怎麼回事，請再說清楚一點！」

「再說清楚一點喔……就是一群和愛麗絲差不多大的孩子，只靠自己舉行各式各樣的活動。比方說做些咖啡店之類的生意。」

現在的話題，變成了我原本待的國家。

我沒說是異世界，只有說明是遙遠的國家。

光是提到過去的學校生活，公主殿下便一副好生羨慕的樣子，想像著我那遙遠而未知的故鄉。

沒有怪物，和公主殿下年紀相仿的小孩子都在和平的每一天讀書、玩耍。

這樣的日常，對我而言實在是無聊到不行，但是對於公主殿下而言……

「聽起來真是開心啊，那是一個多麼夢幻般的地方呀。竟有此事、竟有此事……啊，可是只有和我同年代的人做生意的話，要是出現不肯付錢的惡質客人該怎麼辦呢？而且，應該是一大群人一起經營一家店吧？賺取的利益足以支付所有人的薪水嗎……」

在她的心目中，這似乎是非常令她羨慕的生活。

我帶著微笑看著比我小好幾歲的公主殿下，同時說：

「因為主要的目的是享受開店的樂趣……大家並沒有那麼認真想著要賺錢。真要說的話，就是玩個很開心的開店遊戲吧。大家穿著一樣的制服，出去攬客，大家開開心心地做著這些事情。」

聽我這麼說，公主殿下的表情寫著滿心羨慕，同時又帶著一點落寞。

這也難怪，這名少女是公主殿下。

既沒有一般老百姓的朋友，也沒上過學。

再說，這個世界除了具備高智能以及獨特文化的紅魔族以外，並沒有所謂的義務教育。

儘管規模不大，紅魔族卻採取了讓孩子們從小就去上學的系統。這樣一想，他們果然是智力很高的一群人。

……個性正不正常就另當別論了。

公主殿下一臉羨慕地喃喃唸著「學校」二字。

我不經意對公主殿下說：

「如果妳這麼喜歡學校的話，在這裡蓋一所不就好了？建立學校這種設施應該不會吃虧才對，肯定會對這個國家有好處。」

聽我這麼說，公主殿下瞬間似乎有點想說什麼，卻沒有說出口。

……？

正當我心生疑問時，嘈雜的鐘聲突然打破了深夜的寂靜。

鐘聲大作的同時，原本已經睡著的克萊兒也跳了起來。

明明才剛睡醒，克萊兒卻立刻恢復了平常心……

「……怎麼，又來了嗎？」

接著如此低語之後，便直接下床站好，飛奔到房間外面去。

她說「又來了嗎」是什麼意思？

在我將這句話問出口之前，一道語音已經響徹了夜間的城鎮。

就類似阿克塞爾偶爾會有的，通知緊急任務的那種廣播。

『魔王軍襲擊警報、魔王軍襲擊警報！騎士團請立刻出擊。為了維持城鎮的治安，請各位冒險者負責戒備，避免怪物進入城鎮。請各位高等級冒險者多加幫忙！』

聽見廣播，公主殿下略顯落寞地露出柔弱的笑。

「狀況就是這樣。實在沒辦法讓我們悠閒地專注在學業上。」

並且這麼說。

然後，我想起在來到這個世界之前，阿克婭對我說過的話。

對喔，這麼說來，這個世界因為那個什麼魔王的，在各方面來說情況都相當危急呢……

4

『魔王軍的夜間奇襲已經遭到鎮壓。感謝各位冒險者相助。參加了本次戰鬥的冒險者可以得到臨時報酬，請出手相助的各位冒險者到冒險者公會的窗口……』

在克萊兒帶著劍飛奔出去之後不到一個小時之內，便響起了這段廣播。

沒想到這麼簡單就解決了。

話說回來，不是說這裡是這個國家的首都嗎？就連這種地方都會遭受夜間襲擊的話，戰況應該算是相當吃緊吧？

從日本來的那些開外掛的傢伙在幹嘛啊，真希望他們可以再振作一點。

不過大概會被回嗆說你這個什麼力量的沒有的傢伙閉嘴吧。

真是的，好想趕快告別這種離最前線不遠的地方啊。

不知道是不是我這樣的想法寫在臉上了……

「……謝謝你告訴我這麼多開心的事情。等到天一亮，就請蕾茵送你回阿克塞爾吧……

可以請你幫我對拉拉蒂娜說聲對不起，好好向她道歉嗎？我實在不應該隨便把你帶來這種地方……儘管不是和魔王軍交戰的最前線，這裡偶爾還是有類似這樣的襲擊，不能說是沒有危險的地方。」

公主殿下像是在為我著想地如此表示……

……說的也是，就算我留下來也無法保護這個城鎮，更沒辦法成為助力。

雖然對公主殿下不太好意思，我還是趁早離開這個危險的地方吧。

「謝謝你今天晚上配合我的任性，和真先生……未來還有機會的話，你願意再說冒險故事給我聽嗎？」

公主殿下露出符合年紀的笑容這麼說。

……也太可愛了吧。

這個女孩，住在廣大的城堡裡，隨時都有家臣們隨侍在側，連一個年紀相仿的朋友都沒有。而要我偶爾來說個冒險故事給她聽，也沒有多麻煩啦……

看著正統派美少女天真無邪的笑容，害我心裡有點慌亂，於是為了不讓她察覺，我也回以笑容說：

「當然願意。老實說，我還挺膽小的，真要說的話我很想快點回去……嗯，我會為了愛麗絲準備各式各樣的冒險故事，改天再來說給妳聽。」

聽我這麼說，公主殿下滿心歡喜地靦腆一笑。

「呵呵，謝謝你。我總覺得，你就跟以前的兄長大人一樣。我有一個親哥哥，但是身為王族，即使是親兄妹，經過一段時間之後就會變得非常生疏。我再也沒辦法和親哥哥像這樣聊天了吧……其實我很希望你可以多留下來一陣子，但是總不好再繼續耍任性……」

「妳剛才說什麼？」

公主殿下不經意地說出的話語，讓我如此反問。

「……咦？我、我說……其實，我很希望你可以多留下來一陣子……」

於是，公主殿下害羞地這麼回答。

可是不對，不是這一句。

「在這之前妳說了什麼？在這句話之前，妳說我跟什麼一樣……？」

聽我這麼說，公主殿下……

「我說……你就跟好像以前的兄長大人一樣……」

「請妳再說一次，拜託。」

儘管有些困惑……

「你、你就跟兄長大人一樣。」

「可以的話遣詞用字不要那麼正式，再說一次……」

她還是將那句話說出了口：

「你就跟哥哥一樣。」

我決定留在這座城堡了。

5

「叩叩」的敲門聲不至於大到讓聽見的人感到不悅，十分貼心。

隨著這樣的敲門聲醒來之後，我因為自己睡在陌生的房間裡而感到混亂。

「和真先生，您醒了嗎？早餐已經為您準備過來了。」

聽見門外傳來的這道聲音，我才想起昨天晚上的事情。

對喔。從今天開始，我就要在這座城堡生活了。

「早安，我已經起床了。」

我朝門外如此回應之後，隨著一聲「打擾了」，一位身穿著禮服的白髮老人接著就出現

在門口。

我在床上坐了起來之後，看似執事的那位老人便將放著早餐的餐車推了進來。

姑且先叫他賽巴斯欽好了。

「今天的早餐是小龍肉培根配荷包蛋，以及使用大量的新鮮蘆筍的生菜沙拉。附餐的麵包請隨您的喜好挑選。生菜沙拉都是今天早上剛採收的新鮮蔬菜。蘆筍的攻擊力很強，請小心遭受反擊。」

說著這番充滿許多吐嘈點的介紹的同時，老人將餐點放到床邊。

龍是奇幻世界的王道怪物卻被做成培根端上桌固然讓人大受打擊，攻擊力很強的蘆筍也讓人非常介意。

總之先挑個比較普通的荷包蛋來吃好了……

於是我非常沒規矩地，坐在床上便直接拿起叉子，對準放在一旁的荷包蛋插了下去。

「啾——」

……啾——？

正當我因為荷包蛋發出叫聲的現象而僵住，盯著盤子猛瞧的時候，又有人敲了門。

「請進——」

我放棄吃荷包蛋，對著門外如此回應之後，門輕輕敞開。

然後……

「…………早、早安……」

門口是半個人躲在門後的愛麗絲，害羞地以像是蚊子叫的聲音這麼說。

——愛麗絲躲在門後面偷看我，一直忸忸怩怩地遲遲不進來。

這是怎樣，好新鮮的反應啊。

我身邊的女生們，要不就是在門前大哭大喊、要不就是一腳把門踹開、要不就是要脅說要用魔法轟爆這扇門。

「……早、早安，愛麗絲殿下。昨天晚上明明聊到那麼晚，您今天還是這麼早起啊。」

「那個，在這座城堡裡面，可以的話，你還是像昨天那樣，用沒那麼正式的口吻說話，我會比較高興……」

我們兩個有點尷尬地問候了彼此之後，不經意地注視著彼此。

我們昨天應該比現在更親近一點才對，不過一方面也因為那個時候是半夜，彼此都莫名亢奮吧。

天亮了以後，愛麗絲大概也稍微冷靜下來了。

她隱約顯得有點害臊，一直偷瞄我。

「這樣啊？那麼，我們從頭來過吧。」

「好！……早、早安，哥、哥、哥哥……！」

聽見哥哥這個關鍵字讓我突然從一大早就興奮指數破錶，不過要是在這種時候表現得太過亢奮的話會嚇到愛麗絲。

我留心著要表現得像個紳士，然後下了床，氣定神閒地對她笑了笑。

或許是因為我成熟的舉止而感到害臊吧，愛麗絲的臉頰微微泛紅，真是可愛。

「早啊，愛麗絲。」

「……那個，請把褲子穿好……」

——換好衣服，吃完早餐之後，我和愛麗絲一起在城堡裡散步。

「不是啦愛麗絲，哥哥我才不是變態。只是今天剛好沒有可以當成睡衣的衣物，所以穿著內衣褲睡覺罷了。」

「我明白了，我明白了啦，別再提那件事了，兄長大人！」

早上發生了那件事之後，愛麗絲就不肯叫我哥哥了。

兄長大人這種稱呼，總覺得有點疏遠，讓我有點失落。

我確認了一下自己在這座城堡裡應該做些什麼，得到的答案是隨便告訴愛麗絲一些她不知道，又或是感興趣的事情就好。

「也就是說，我只要把自己當成愛麗絲的教育專員就好了嗎？」

「不、不是，教育方面有克萊兒和蕾茵負責，兄長大人……就是……應該算是我的玩伴吧……」

走在我身邊的愛麗絲一副很歉疚的樣子，聲音越來越小，最後還低下頭來。

現在，這座城堡裡地位最高的就是這個孩子了，她的語氣應該可以更斬釘截鐵一點，以在上位者的身分，把自己想做的事情、想要求的事情吩咐下去不就好了。

她這種怯懦的個性不知道有沒有辦法改掉。

接受高等教育的這個孩子莫名的早熟，老是太過顧慮周遭的人。

她相當了解王族具備的權力有多大，也知道自己的任性會害得多少人東奔西走。

魔法師蕾茵說，把我帶回城裡是她第一次耍任性。

把我帶回來似乎也有報復達克妮絲的意思在裡面，不過如果光是當她的玩伴就可以保有奢華的食、衣、住，這樣的生活也還不賴。

說著說著，我和愛麗絲已經來到城堡的中庭。

中庭裡備有遮陽傘和桌椅，桌子上還擺好了桌上遊戲。

「其實是這樣的，今天不用上課，所以可以的話，我想請你陪我玩這個遊戲……」

愛麗絲怯生生地這麼問，像是在擔心我有可能拒絕她的邀約似的。

我坐到椅子上，一邊在棋盤上擺放棋子一邊說：

「我可不是愛麗絲的家臣喔。我不會為了討好妳而和妳纏鬥到最後故意輸給妳，既然要玩就會全力以赴。只要是名為遊戲的東西，我自認不會輸給任何人喔。這樣也沒關係嗎？」

「……！可、可以！我就是希望這樣！城裡的人們大概是對我有所顧忌吧，都不肯陪我玩！就算玩輸了我也無所謂！輸了也沒關係，我想要的是全力對戰！」

「真有骨氣！要是輸了妳可別哭喔。要是把公主殿下弄哭了，對我來說可是一大麻煩！那我們開始吧！既然要認真對戰的話，遊戲之前就該問候對手。請多指教！」

「請多指教！」

於是我拿起棋盤上的棋子……！

「——那、那個，天色也漸漸變暗了，今天就到此為止好嗎？」

「開什麼玩笑啊，贏家不准落跑！不是說了要比就要拚盡全力嗎！我好不容易開始掌握住愛麗絲的習慣了，再玩個幾局應該就可以贏了！順便跟妳說，不要因為想結束就放水喔，要是故意輸給我，我也感覺得出來！」

「自己叫人家認真玩現在卻這樣，兄長大人，你這個人真的很麻煩耶！」

「吵死了——！再說，我最討厭這個遊戲了！我有個同伴也很喜歡這個遊戲，她每次用瞬間移動我就很不爽！」

「這種話對我說也無濟於事吧！」

正當我們對著棋盤如此唇槍舌戰時，臉色大變的克萊兒衝了過來：

「我因為晚餐準備好了過來找愛麗絲殿下就看到這種狀況，你這個傢伙在做什麼！誰准你那樣講話了，還有不准鬧彆扭！輸了就乖乖認輸，在晚餐還沒冷掉以前到飯廳去！不准給愛麗絲殿下添麻煩！」

「可惡，既然克萊兒都來亂了，那就明天再繼續吧！下一局我絕對會贏！」

「幼稚！兄長大人太幼稚了！」

「兄長大人？愛、愛麗絲殿下，您所謂的兄長大人是指這個男人嗎！」

靜謐而洋溢著氣質的王城裡，充滿了我和克萊兒的叫罵聲。

從這天開始，我成了公主的專屬玩伴。

6

蕾茵的聲音從房間裡傳了出來。

「——基於這樣的理由，王族代代的天賦之才都比一般人還要優秀。與打倒魔王的勇者成親，並不是給勇者的獎賞這麼單純。」

聽起來正在上歷史課，但我還是毫不在意地敲了門。

「……和真大人。不好意思，現在是愛麗絲殿下的上課時間。能不能請您晚一點再過來呢？」

擔任講師的蕾茵對我這麼說，表情沒有太多的變化。

「晚一點是多久？五分鐘左右？」

「不、不只，今天的歷史課要一直上到傍晚……」

我偷看了一下房間裡面。正在上課的愛麗絲看著我，一副坐立難安的樣子。

這似乎是第一次有人找她玩，看來這讓她感到很開心。

不過，她又不敢說想取消課程出去玩，露出有點傷腦筋的表情。

「沒辦法，那我到外面打發時間吧。」

「謝謝您的配合。那麼，真是不好意思……」

看著鬆了一口氣的蕾茵，我離開房間。

我離開的時候，愛麗絲看起來有點失落，但這我也莫可奈何。

來到中庭之後，我站到愛麗絲正在上課的房間的正下方……

「好——想——在天空中——自——由飛——翔啊——。來——竹蜻蜓——！」

我拿著被巴尼爾刷掉的開發商品——竹蜻蜓，然後一面大聲唱著大家都耳熟能詳的那首歌，一面玩耍。於是，樓上就有人猛然推開窗戶：

「和真大人！愛麗絲殿下非常在意窗外的狀況，可以請你不要在下面唱歌玩耍嗎！」

——我一面妨礙上課，一面打發時間。終於，上完課的愛麗絲衝了過來。

「兄長大人，剛才的魔道具是什麼！看你玩得很開心的樣子，我也……就是……」

愛麗絲似乎是急急忙忙跑過來的，呼吸非常急促。

「喔，妳是說這個吧？這是施加了風之魔法的高性能魔道具，而且使用次數無限。只要這樣轉它，就可以輕鬆讓它飛起來。」

「好厲害！使用次數無限的魔道具，根本是神器等級了吧！」

我將竹蜻蜓交給輕易相信了我說的話的愛麗絲，然後說：

「等一下和我玩遊戲的時候，只要妳答應我一個條件，我就可以把這個送給妳。」

「真、真的嗎？我答應、我答應！請告訴我是什麼條件！」

——十分鐘後。

「將軍！呀哈——！我贏啦——！」

「好好好，是我輸了。真是的，兄長大人真的很像小孩耶。」

「哦？輸了還那麼神氣啊。好吧，我們說好的，就把這個竹蜻蜓送給妳吧。」

「謝、謝謝！……可是，真的可以嗎？只是在對戰的時候拿掉一個棋子，就可以收到這樣的魔道具……」

愛麗絲以雙手將竹蜻蜓當成寶貝似地握著，有點歉疚的這麼說。

……這時，有人叫了我們。

「原來您在這裡啊，愛麗絲殿下。我還以為您丟下我這個護衛跑去哪裡了，找了好久呢……哎呀，和真大人，那是竹蜻蜓對吧？以前我遇見了一個名子很奇怪的冒險者，他幫我做過一個呢。」

蕾茵好像一直在到處尋找上完課就奪門而出的愛麗絲。

「蕾茵認識製作這個魔道具的人嗎？這個很厲害喔，力量足以媲美神器……！」

「您說……這是魔道具嗎？不，這個東西……是用竹子削製而成的，是一種童玩，只要知道製作方法，任何人都可以……」

在蕾茵說完之前，愛麗絲已經淚眼汪汪地瞪著我說：

「兄長大人是騙子！我不承認這種事情，剛才的對戰不算數！」

「喔，是怎樣、是怎樣？我昨天說過了吧？我會全力取勝。要是實力不如對手的話，就靠其他方面來取得優勢。像這次，我就是針對愛麗絲不食人間煙火這點，可以說是我以策略取勝……明明輸了卻不承認，愛麗絲殿下才是幼稚的小孩子！」

「……！那、那就再來一局！我們再對戰一次！條件和剛才一樣就可以了！」

「哎呀，晚餐時間差不多到了耶。妳看，克萊兒也來叫我們了。今天可是我的全面勝利呢。」

愛麗絲要求再比一場卻被我拒絕，情況和昨天正好相反。

而前來叫我們吃晚餐的克萊兒……

「你贏了就想逃走嗎？太狡猾了，再一次！克萊兒也幫我說說話嘛！吶，拜託！」

「喂，克萊兒，妳給我把昨天對我說過的話一字一句說給愛麗絲聽啊！叫她乖乖認輸，在晚餐還沒冷掉以前到飯廳去！快點啊！不要因為她是公主就慣壞她！」

被夾在我們兩個之間手足無措，不知道該如何是好——

「——愛麗絲不會想要偶爾到城外去看看嗎？不是像阿克塞爾那種城鎮，而是去山上，又或是去河邊之類的。世間還有很多我們不知道的事情。或許有個奇怪的惡魔很受鄰居主婦們的稱讚，又或許有個以麵包邊為主食的友善巫妖喔。」

愛麗絲今天的課業在上午就結束了，我們在位於最上層的，愛麗絲的房間的陽台上，一邊喝茶，一邊玩遊戲。

「要是我想出城的話，騎士團就得出動當我的護衛。以我的狀況來說，也不容許我不帶家臣就一個人離開王都……而且，怎麼可能有那種惡魔和巫妖嘛。不要以為我不食人間煙火就瞧不起我……瞬間移動到這一格。」

愛麗絲一面移動棋盤上的棋子，一面以懷疑的眼神盯著我看。

看來，經過昨天那件事之後，她開始對我抱持警戒了。

在我身邊的蕾茵沒有參加對話，只是為我的空杯倒了茶。

我挪動了棋子，並且說：

「妳的疑心病也太重了吧。這個世間呢，有很多事情無法以常識判斷喔。妳知道嗎？一般來說，魚類都是在海裡或河裡捕撈，但只有秋刀魚是可以在田裡捕到的喔。」

「這肯定是騙我的吧！」

「真、真的啦！我在酒吧工作的時候，老闆就叫我去後面的田裡抓秋刀魚回來喔！」

「那、那是……是兄長大人被霸凌了吧……」

愛麗絲說了這種失禮的話之後，蕾茵在她耳邊輕聲說：

「愛麗絲殿下。和真大人沒有騙您，秋刀魚是到田裡抓的東西。」

「真的嗎？竟有此事……相較之下，說狗會在天上飛我還比較能夠相信……」

「會飛的狗我沒聽說過，但是會吐火的貓我倒是見過。」

「這下絕對是在騙我了吧！騙子！你果然是個騙子！」

「真的啦！我的同伴就養了一隻！」

「和、和真大人，這個我就無法苟同了……」

「連蕾茵也這樣說！可惡，我明明就沒有騙人！」

正當我心有不甘地用力拍打桌子的時候。

「你的注意力不夠集中喔，兄長大人。正如我的計畫！很好，這下子我贏了！」

將了我一軍的愛麗絲這麼說，露出與她的年齡相仿的笑容。

7

說到最近的愛麗絲，真是越來越滑頭了。

剛認識的時候那個老實又乖巧的愛麗絲不知道上哪去了。

……真是的。變得越來越愛笑是讓我很高興沒錯，但我總覺得她最近越來越瞧不起我。

應該說，身為一個玩家，在遊戲方面一直輸給她讓我不太能夠接受。

為了找回身為哥哥的威嚴，也該是時候好好讓她認清上下關係了。

我來到這座城堡，約莫已經過了一個星期。

愛麗絲和我越來越親近，同樣的，我也越來越習慣在城裡的生活了。

——現在的時刻應該是剛過中午吧。

愛麗絲今天的行程，應該是上課到三點才對。

睡醒的我不打算離開軟綿綿的床鋪，只是挺起上半身，直接拍了兩下手。

聽見我的掌聲，穿著筆挺的執事服的白髮老人就此現身。

「您叫我嗎，和真先生？」

「對，給我來杯提神醒腦的咖啡吧，賽巴斯欽。」

沒錯，就是我的專屬執事賽巴斯欽。

「我是海德爾。」

「交給你了，海德爾。」

他好像叫海德爾。

吩咐執事海德爾端咖啡過來之後，我再次躺回床上。

接下來，還有另外一件例行公事等著我。

不久之後，女僕梅莉應該就會過來換床單了吧。

但是，我可不能輕易讓她換好床單。

主人得千方百計阻撓女僕，不能讓她輕鬆完成工作。

這是所謂的——貴族的修養。

之前叫達克妮絲當女僕的時候她就是這麼說的，我想應該不會錯。

在愛麗絲上完課之前，我就捉弄女僕來打發時間好了。

——終於，如我所料，「叩叩」的敲門聲響起。

「早啊，梅莉。不過，妳可不要以為本大爺會讓妳輕輕鬆鬆換好床單喔。好了，如果妳想盡快換完床單好進行其他工作的話，就這麼說：『主人，請讓……』」

進來的卻是達克妮絲。

「『……主人，請讓……？』怎麼了和真，你說說看啊。快點，在場的所有人都想聽你要說什麼。繼續說下去啊。」

表情認真到嚇人的達克妮絲身後，還跟了一臉傻眼的阿克婭和惠惠。

「主、主人，請讓低賤的我，更換沾有主人體香的……」

「沾有主人體香的什麼？怎麼了，你不是最擅長性騷擾了嗎？別害羞啊，給我快點把話說完啊！在場的所有人都洗耳恭聽！」

「請、請饒了我吧……！是說達克妮絲怎麼會在這裡啊！這個房間是專屬於我的聖域！妳進來之前有得到許可嗎！」

聽我惱羞成怒地這麼說，只見達克妮絲的眉頭皺得越來越緊……！

「我怎麼會在這裡？那還用說嗎，當然是來帶你回去的啊！真是的，你到底想給殿下添麻煩到什麼時候啊，快點走人了！你這個傢伙為什麼老是有辦法採取這種超乎預料的行動啊！惠惠還以為你又被捲入什麼麻煩之中所以才回不來，擔心好幾個晚上都睡不好耶！」

「我我、我才沒有那麼擔心他呢！我只不過是碰巧連續熬夜了好幾天罷了，請不要擅自誤會成那樣好嗎！」

我原本打算詳細追問慌張不已的惠惠，但達克妮絲的發言更讓我無法聽過就算了。

「妳少亂說，我可是就任為愛麗絲的玩伴官了喔！我要在這座城堡裡過著幸福快樂的生活，別來妨礙我的安泰人生！」

「蠢材！這個國家才沒有那種官職！好了，給我聽清楚，和真。你沒有留在這座城裡的理由。讓一個來路不明的男人毫無理由一直住在城裡並不是一件好事！」

「那我就當愛麗絲的教育專員啊！由我來好好鍛鍊那個不食人間煙火又容易受騙上當的公主！順便連妳也一起教一教好了，以不食人間煙火的程度來說，妳和愛麗絲應該是同一個水平的吧！」

「你、你這個傢伙真的是……！什麼教育專員啊，克萊兒大人都告訴我了！聽說都是你害得愛麗絲殿下開始受到一些奇怪的影響了！在軍事和戰鬥的課程中，突然出一些匪夷所思的奇招，甚至是陰招……！王族和騎士團不同於冒險者，必須光明正大的戰鬥！不准把你那些奸詐的戰鬥方式教給殿下！阿克婭，妳也好好罵罵他！」

被達克妮絲叫到的阿克婭手插著腰，勃然大怒地對我說：

「就是說啊，和真居然自己一個人在城堡裡生活，真是太狡猾了！我們是結合大家的力量才有辦法打倒魔王軍幹部的吧！要是和真可以住在城堡裡的話，我也應該要在城裡生活才對啊，不然太不公平了！」

「阿克婭還是閉嘴吧，事情被妳越說越複雜了！」

達克妮絲推開說話牛頭不對馬嘴的阿克婭，又擠到前面來。

「哦？怎麼怎麼？之前和我一決勝負的時候已經輸過了，現在又想挑戰我嗎？明明是個大小姐卻連腦袋都塞滿肌肉，沒想到妳連學習能力都沒有啊。我要在這座安全的城堡裡，過著不虞匱乏、幸福快樂的生活。好了，不想被我弄哭的話就快點回去，回去啊！」

「……好啊，我們就來一決勝負吧。其他人都到房間外面去。」

身上只有一件連身洋裝，手上連武器都沒有的達克妮絲這麼說。

其他人聽了都開始走出房間，這時我露出勝券在握的笑容說：

「妳是認真的嗎？身上既沒有武器也沒有鎧甲的妳，以為自己有勝算嗎？妳今天身上只有一件輕飄飄的洋裝喔。我的偷竊技能在對付人類的時候具有必殺的威力，只要一出招妳就完蛋了喔！」

「你試試看啊。」

大概是以為我在虛張聲勢吧，達克妮絲斬釘截鐵地這麼說。

「……妳知道現在是什麼狀況嗎？身上沒幾件衣服的妳，只要中了三次偷竊技能就會變得光溜溜喔。現在我還可以饒過妳……」

「我不是叫你試試看嗎。」

達克妮絲打斷了我的發言，向前踏出一步。

「嗚、喂，妳別開玩笑了。這樣好嗎？我真的會出招喔！」

「所以我不是說了嗎，有本事你就試試看啊！這個房間裡只有你我兩個人！來啊，你敢脫光我的話儘管脫啊！」

這個傢伙竟然攤牌了！

「等一下，我明白了，我們來溝通一下吧！」

「沒什麼好溝通的，我早就已經有所覺悟了！你這個能夠不以為意做些輕微的性騷擾，卻害怕跨越最後一道界線的軟腳蝦，敢扒光我的話就儘管扒啊！看是要把我扒個精光還是侵犯我都隨便你！要是你有那個膽量的話儘管試試看！」

「情色路線女！妳果然是負責情色路線的傢伙！從今天開始，我要叫妳情色妮絲！啊啊啊啊會斷掉會斷掉！我不是認真的對不起！誰、誰來救救我啊！」

被達克妮絲抓住手臂的我，兩三下就被壓倒在地，只能把臉貼在地板上，對門外求援。

而回應我的……

「那、那個……拉拉蒂娜……！請不要對他那麼過分，好嗎……？」

是提早上完課，跑來找我玩的愛麗絲。

愛麗絲露出楚楚可憐的眼神，戰戰兢兢的這麼說。

明明被達克妮絲打過巴掌，我妹妹還是毫不畏懼地袒護我。

「愛麗絲殿下，不可以對這個男人太好！這個傢伙是披著人皮的性獸。一旦認定是女人，這個傢伙就會想和她一起洗澡，或是使用技能偷走她的內褲。他就是這樣的一個男人。我願意當活人獻祭，還請愛麗絲殿下到外面去……！」

等到愛麗絲一離開現場，我就要順應這個傢伙所說，讓她見識一下地獄。

具體說來就是扒光她。

妳可不要以為我會一直當個軟腳蝦啊……！

而被達克妮絲這麼一說，愛麗絲整個人都變得消沉……

「……」

然後不發一語地低下頭，落寞的陷入沉默。

「嗚……愛、愛麗絲殿下……」

達克妮絲再怎麼強硬，對愛麗絲還是很心軟。

看著愛麗絲落寞的表情，仍然壓制著我的達克妮絲不知所措了起來。

「唉──居然害公主殿下那麼難過真是太爛了痛痛痛痛痛痛！」

「你給我閉嘴好嗎！……愛麗絲殿下，請聽我說。這個男人在阿克塞爾有自己的豪宅，也是個頗有名氣的冒險者。在那個城鎮也有這個男人的友人，要是他行蹤不明，也有人會替他擔心。就像我們，也是因為擔心這個男人才會來到這裡……所以，能不能請您放這個男人回家呢？」

聽她這麼說，一臉難過的愛麗絲輕輕點了頭說：

「……說的也是。我不應該這麼任性的，對不起……」

加油啊，愛麗絲，多堅持一下！

別放棄啊，妳是這座城堡裡最有權力的一個人，多鬧一下彆扭也沒關係啊！

原本低著頭的愛麗絲，忽然抬起頭……

「吶，拉拉蒂娜。既然如此，只有今晚也好……至少讓我辦個送別的晚宴吧……？」

帶著楚楚可憐的眼神，語帶歉疚，並戰戰兢兢地對達克妮絲這麼說。

8

貴族與王族的晚宴。

這個宴會實在是過於華麗而豪奢……

「和真，這個超好吃的！就是這個，上面放了生火腿的天然野生甜瓜！看來這個野生甜瓜非常新鮮，還在跳動呢。」

「和亨和亨，這個也很好呼喔……咕嚕。這個在醋飯上面放高級布丁再淋上芥末醬油的料理！雖然我不知道這是什麼，有個黏黏的甜味混搭濃稠的口感，滋味醇厚又不膩……！」

看著同伴們大口大口吃著會場準備的佳餚，讓我理解到我們尋常百姓在這種場合有多麼格格不入。

原則上，我們也借用城堡裡的西裝和禮服打扮了一番，外表上算是融入了會場之中，但是散發出來的氣質和舉手投足，卻明顯和其他客人不同。

幾名外聘的酒保在會場的各個角落應客人的要求調製雞尾酒，但嫌麻煩的阿克婭不想每次都跑去續杯，就把擺著佳餚的餐桌拖到酒保面前，在那裡大吃大喝了起來。

而我身邊的惠惠則是要了個空便當盒，忙著把佳餚裝進去。

平常面臨這種狀況的時候，總是會有某個傢伙很不好意思地跳出來阻止，但是……

「達斯堤尼斯爵士。討厭派對的妳居然會參加這樣的活動，真是難得啊！幸好我今晚來參加了這次晚宴！才能夠像這樣拜見妳的美貌！」

「達斯堤尼斯爵士，令尊……伊格尼斯大人近來可好？我年輕的時候曾經侍奉過伊格尼斯大人……」

「啊啊，達斯堤尼斯大人！今晚能夠遇見您，都得感謝幸運女神艾莉絲！對於您的美貌我時有耳聞，沒想到竟然美到這種地步……！」

「不，看見您的美貌我才知道傳聞並不可信，真是讓我上了一課！與您的美貌相比，就連傳說中百年才會綻放一次——夢幻般的一夜草，月光華草都會失去光彩！其實是這樣的，我知道有一間店與您十分相襯。不如這場派對結束之後和我一起去吧，請您務必賞光！」

「不不不，以你的家世想當達斯堤尼斯大人的護花使者還不夠格吧。不知道我是否有這個殊榮……」

貴族們簇擁著達克妮絲，紛紛說著這些空泛的甜言蜜語。

至於達克妮絲本人，大概是很習慣這種情況了，她落落大方的洋溢著微笑，委婉拒絕了眾人的邀約。

「各位真是過獎了。小女子實在不習慣出現在派對這種場合，還請各位多多擔待。」

我好想吐嘈說妳是哪位啊。

佯裝著大家閨秀的達克妮絲，臉頰附近微微抽搐著。

看來她其實已經忍耐到極限了吧。

話說回來，那個傢伙還真有男人緣啊。

達克妮絲的身邊，全是些金髮碧眼的年輕型男呢。

…………

「原來妳在這種地方啊，拉拉蒂娜。喔，妳很有男人緣嘛，拉拉蒂娜。妳今天穿起禮服格外好看呢，拉拉蒂娜？」

我晃啊晃的走到達克妮絲身邊突然連續叫了好幾聲拉拉蒂娜，害她把嘴裡的葡萄酒全噴了出來。

「嗝哈！咳呼，抱、抱歉！」

正當周遭的貴族們驚訝地瞪著我看的時候，嗆得眼中泛淚的達克妮絲拿出手帕輕輕擦了擦嘴角……

「您這是怎麼了，我的冒險同伴佐藤和真先生？突然在這種場合一直叫我的名字，會讓我很傷腦筋喔。您還是一樣喜歡惡作劇呢，要是害人家誤會了我們的關係該怎麼辦？」

然後她維持著體面的微笑這麼說，而且還特別強調了冒險同伴幾個字。

說真的，妳哪位啊？

聽達克妮絲那麼說，貴族們之間的氛圍立刻緩和了許多。

「哈哈，突然聽到有人叫了達斯堤尼斯大人的名諱，害我嚇了一跳。達斯堤尼斯大人為了保護領民，同時也為了滿足興趣而當冒險者對吧。真是的，我還以為兩位有什麼非比尋常的關係呢。」

「就是說啊。話說回來，真不愧是達斯堤尼斯爵士的同伴，連開個玩笑也這麼出色。儘管是惡作劇，但能夠直呼達斯堤尼斯爵士的名諱還是令我好生羨慕呀。」

「是啊，此話不假……這麼說來，達斯堤尼斯大人已經訂下婚約了嗎？如果還沒的話，請容我毛遂自薦，讓我成為能夠呼喚您的名諱的幸運兒好嗎……」

「不，我一直向達斯堤尼斯家提出相親的申請，我應該享有優先權才對……」

貴族們再次開始追求達克妮絲，彼此牽制，一點都沒有要離開現場的意思。

不愧是有錢又有權的一群型男。

看來這些傢伙對自己相當有信心，態度有夠強勢。

這種時候還是應該再來一個勁爆發言逗弄他們一下才對。而就在我這麼想的時候……

「——近幾年來，達斯堤尼斯大人接連立下許多偉大的功績，應該有更配得上她的對象才對。至少，在場的諸位都不夠格。」

突然插了話進來，如此出言不遜的，是個似乎在哪裡見過的男人。

體毛濃密，但頂上無毛，高大而肥胖的中年男子。

「這不是阿爾達普大人嗎，您的發言還是如此辛辣啊……」

我怎麼可能忘得了，他就是試圖嫁禍於我，還想將我處死的阿克塞爾的領主。

「你怎麼會在這種地方啊？」

「還、還不是你這個混帳！都是你這個混帳把毀滅者的核心傳送到我的宅邸去，我的宅邸到現在還在進行重建工程啊！在阿克塞爾的宅邸完成以前，我只好在王都的別墅生活！再說，身為一介平民竟敢以『你』來稱呼我！你應該叫我阿爾達普大人才對！」

阿爾達普口沫橫飛地大聲怒罵，回答了我的疑問。

這個大叔還有別墅喔，真是有錢啊。

「話說回來，阿爾達普大人。您說還有更配得上達斯堤尼斯大人的對象，是指哪位呢？聽說您相當喜愛達斯堤尼斯大人，莫非……」

這時，追求達克妮絲的舉動遭到阻撓的貴族之一，語帶諷刺地對大叔這麼說。

「當然不是我了。對了，也不是我的兒子喔。過去的達斯堤尼斯大人姑且不論，現在除了地位以外，在個人創下的功績方面也能夠與達斯堤尼斯大人彼此匹配的男人，恐怕只剩下一位了。」

阿爾達普帶著充滿自信的表情如此宣言，最後還賣了一個關子。

在個人創下的功績方面，能夠和達克妮絲彼此匹配的男人。

「是在說我嗎？」

「我看你還是別開口了，免得把事情搞得越來越複雜！快到那邊去，叫阿克婭和惠惠陪你玩啦！」

或許是快要撐不下去了吧，漸漸顧不得裝模作樣的達克妮絲對我如此怒罵。

阿爾達普沒有多加理會我們兩個的對話，笑容滿面地說：

「是現在和國王陛下一起率領王國的正規軍大戰魔王軍的第一王子，傑帝斯殿下。照理來說，達斯堤尼斯大人應該討個贅婿才對，不過達斯堤尼斯家的繼承人問題，只要兩位多生幾個小孩，讓比較小的繼承達斯堤尼斯家就可以了。」

聽了他這番話，貴族們都擺出苦瓜臉，默不吭聲。

「從以前就在最前線奮戰的傑帝斯殿下自然不在話下，最近接連打倒魔王軍幹部的達斯堤尼斯大人，也已經足以稱作這個國家的英雄了吧。對於達斯堤尼斯大人的功績，加入王族也是無從挑剔的回報。而且，他們兩位想必能夠生下既強大又貌美，十分優秀的小孩吧……你們說，他們是不是天造地設的一對？」

據我所知，這個大叔應該對達克妮絲異常執著才對啊。

他是不是認清達克妮絲是他再怎麼掙扎也高攀不起的對象，終於放棄了啊？

「確、確實如此……」

「他們兩位對彼此而言都是最好的對象了吧……」

貴族們聽完這番說詞，紛紛心不甘情不願地準備退開。

此時，達克妮絲原本想說些什麼，但就在這個時候──

「喂，那妳我之間的糜爛關係又該怎麼辦？什麼嘛，拉拉蒂娜，妳打算拋棄我嗎！」

「「「「！」」」」

聽我這麼說，在場的所有人都愣在原地。

「你你、你這個傢伙又來了，突然說這是什麼話……！不、不對，您這次想到的惡作劇還真是誇張呢，和真先生。我剛才不是說了嗎，在這種場合惡作劇會讓我很傷腦筋呢。」

說著，達克妮絲笑盈盈地輕輕伸出手，像是要挽著關係良好的男性友人的手一般。

而我輕輕一個閃身，繼續說：

「拉拉蒂娜，想想我們那些有如蜜月一般的日子！我們每天都在一個屋簷下生活，還曾一起洗澡不是嗎！妳還幫我刷過背吧？不久之前我們還玩過更特殊的，要妳叫我主人……」

「和真先生，要是惡作劇過了頭，事態可是會變得很嚴重喔！」

達克妮絲已經顧不了顏面，直接對我動手，而我也正面接招，雙手分別互握。

「哎呀，這樣好嗎，拉拉蒂娜？妳要在各位貴族大人物面前發揮自己的怪力嗎？妨礙過妳的婚事的我好像沒資格說這種話，但妳總有一天也是要出嫁的吧？而且身為貴族，以妳的年紀再不嫁出去就不太妙了吧？大小姐，要是妳在此發揮與生俱來的怪力小心沒人要啊啊啊啊啊啊啊啊啊啊啊啊啊！」

「哎呀哎呀，和真先生，您的演技還是一樣逼真呢！我明明沒有出力，您還是痛得跟真的一樣！這樣要是我拿出真本事的話，到底會是怎樣的狀況呢！您想試試等級提升之後的我的腕力有多強嗎？」

「是我的玩笑開得太過火了達斯堤尼斯大人——！」

9

——我真的只有一點點惡意。

應該說，我只是看到達克妮絲太有男人緣而有點煩躁，所以想妨礙她一下罷了。

這個心情就像是自己不想和某個親密的女性朋友交往，但也不希望她變成別人的女友。

前些日子還因為報酬而一時鬼迷心竅，打算為達克妮絲的相親推波助瀾，不知為何生活寬裕了起來之後就想妨礙她。

連我也覺得自己這樣實在太任性了。

原則上這場晚宴的名義是我的送別會，但是達克妮絲太過引人矚目，完全沒有人理我。

……不過，就算那些貴族大哥跑來吹捧我，我也不會覺得高興，現在也不覺得孤單。

至於阿克婭和惠惠，不知為何，貴族大姊姊們找上了她們兩個，紛紛問著她們用的是怎樣的洗髮精，或是最常用哪個品牌的香皂之類。

也對，只要不開口，那兩個傢伙的長相也還不賴。

……不過，我一點也不羨慕她們的處境啦……！

「——你在這種地方做什麼？」

正當我窩在會場的角落，看著大家受到眾人簇擁時，愛麗絲跑來找我說話了。

「愛麗絲，真不愧是愛麗絲！愛麗絲真是個貼心溫柔又可愛的孩子！在這種派對上落單害我寂寞死了，愛麗絲果然是個好妹妹！」

「沒、沒有啦……」

聽我對她稱讚有加，愛麗絲輕聲這麼說，紅著臉低下頭。

哦？

最近她對我越來越不客氣，動不動就對我大小聲，什麼話都敢說，今天倒是格外安分。

紅著臉的愛麗絲，靠著牆站在我身邊。

因為是在城裡辦派對，那個囉嗦的克萊兒也沒有一直纏著愛麗絲。

這時，望著繽紛燦爛的會場……

「明天開始，這座城堡又會變安靜了。因為老是惹克萊兒生氣，又讓蕾茵傷透腦筋的某人就要回去了。」

依然靠牆站著的愛麗絲這麼說。

「這個星期她們兩個都把我當成眼中釘了吧。而且，城裡變安靜是好事一樁吧？我的豪宅可是每天都吵得要死喔。要是能夠實現一個願望的話，我只想要平穩的日常。」

聽我這麼說，靠牆站著的愛麗絲瞄了我一眼，然後露出令人揪心的微笑。

……這是怎樣，光是一個這種落寞的舉動就讓我心動不已。

難道我有這麼好騙嗎？

「從見面那一天起就把妳當成妹妹的我也有問題，不過愛麗絲也真是在短短一個星期內就和我混得很熟了呢。」

為了不讓十二歲的女孩察覺我內心的動搖，我試著轉移話題。

「給你添麻煩了嗎？」

但是，被她以楚楚可憐的眼神一看，害羞地這麼一問，反而更加劇了我的動搖。

「沒、沒有，我當然是很開心啦，只是在想，妳到底是喜歡我這種人的哪一點而已。」

我好不容易把差點因為緊張而飄高的聲音壓了下來並這麼問，讓愛麗絲咯咯笑了起來。

然後……

「我還是第一次遇見像你這樣的人。在其他人謹言慎行的時候，只有你一個人毫不畏懼、不守禮節、毫不客氣，教了身為王族的我一堆奇怪的事情，甚至還幼稚地想要使盡全力贏過我……」

「嗚、喂，妳說的這些都是討厭我的理由吧？我問的是喜歡我的理由耶。」

正當我因為愛麗絲的發言而困惑時。

「沒錯啊，我說的是喜歡你的理由喔。」

愛麗絲卻笑容可掬地這麼說……

可惡，太可愛了吧！

艾莉絲女神也好、愛麗絲也罷，為什麼我和這種正常女孩之間偏偏都有高牆阻隔呢！

不，我當然只把愛麗絲當成妹妹看待啦。

在我眼中她只是個十二歲的小朋友啦！

「這麼說來，那個遊戲的戰績是我的勝場比較多，所以算我贏了沒錯吧？」

「喂，妳在說什麼啊，後半我們戰得平分秋色，而且我獲得壓倒性勝利的次數還比較多吧。再這樣繼續對戰下去我肯定可以贏過妳。」

「至少在這種時候乖乖認輸也不會怎麼樣吧！兄長大人果然是個幼稚的小孩！」

「哎呀，那對幼稚的小孩生氣，還做出勝利宣言的人也是小孩子吧！」

我和愛麗絲就這樣繼續鬥嘴了好一陣子，最後講到累了，又把背靠回牆上。

真是的，就連到了最後一刻都沒辦法正經起來。

這麼說來，最近愛麗絲在鬥嘴的時候感覺也有點開心呢。

接著，我和愛麗絲沒有多說什麼，只是心不在焉地遠遠看著派對的狀況。

這個星期，我們在一起的時候一直聊著各式各樣的事情，時而惹怒、時而逗笑對方，但不知為何，現在兩人卻不約而同地保持沉默。

阿克婭和惠惠還是一樣只顧著大吃大喝，達克妮絲也還是一樣被那些貴族包圍著。

「這一個星期，和你一起度過的日子，想必將成為難忘的回憶吧……」

望著這樣的景象，愛麗絲像是自言自語般這麼說。

「我好羨慕拉拉蒂娜。她一定每天都過得很快樂吧……」

然後帶著靦腆的笑，落寞的這麼說。

……不過一個星期，真虧她可以變得這麼黏我。

要是我回鎮上去了，明天開始，這個孩子又得為了恪盡身為王族的義務壓抑自己，扮演一個不會耍任性的乖孩子，繼續生活下去吧。

……不知道有沒有什麼方法可以讓我留在這座城堡裡。

請她封我為騎士嗎？

不不不，孱弱如我即使有愛麗絲或達克妮絲的關係能靠，也很難加入騎士團吧。再說，我之所以被趕出這裡，原因是出在我對愛麗絲造成的不良影響，還有我在城裡毫無益處吧。

……要是魔王軍的幹部可以很剛好的攻過來就好了。

然後我再華麗地打倒敵人，這樣我留在此地的必要性也會得到認同，稍微耍點任性人家也比較能夠接受。

即使不是那種大咖也沒關係，我想在王都建立功績。

如此一來，針對我的批評應該也會變少一點吧……

就在我陷入沉思，不吭一聲的時候——

「我也好想像拉拉蒂娜那樣當個冒險者喔。王族代代可是都潛藏高強的魔力和素養喔。或許沒辦法像拉拉蒂娜那樣當十字騎士……不過魔法師或祭司不知道怎麼樣？或者……選盜賊當職業，像目前在街頭巷尾引起熱烈討論的那個義賊一樣做些善行好像也不錯！可是，要是我說想當盜賊的話，克萊兒應該會罵我吧。」

愛麗絲這麼說，輕輕笑了幾聲……

「……嗯？妳剛才說什麼在街頭巷尾引起熱烈討論？」

見我忽然抬起頭，愛麗絲疑惑地歪著頭說：

「兄長大人不知道現在最紅的義賊嗎？據說，有個盜賊專門潛入風評不佳的貴族家中，竊取他們以見不得光的方式儲蓄下來的資產。然後，在貴族受害的隔天，就會有人在艾莉絲教團經營的孤兒院前面留下巨額捐款……所以，那名盜賊便因此被大家封為義賊了。」

義賊……

「照理來說，我身為王族，或許不應該稱呼竊取財物之人為義賊就是了……不過，你不覺得那樣很帥嗎？因為我是王族，應該是被偷的那一邊才對……但儘管如此，我還是有點崇拜那個義賊。」

見愛麗絲這麼說的時候興奮到眼睛閃閃發亮，害我有點嫉妒那個素未謀面的義賊，真想逮住他。

……逮住那個義賊？

「……就是這個啊——————！」

10

「達克妮絲！達克妮絲——————！……啊，克萊兒也在，正好！」

「你、你這個傢伙又來了……就跟你說我現在很忙，叫你一邊涼快去了不是嗎！」

「你、你有何貴幹呢，和真大人……」

我跑到達克妮絲和克萊兒身邊，她們便露出一臉相談甚歡之際被我打擾的不悅表情。

「喂，妳們兩個，我都聽說了！現在王都有個大問題對吧！」

聽我突然這麼說，兩人都歪頭不解。

「要說是大問題確實也是個大問題啦。堂堂一國的公主受了冒險者的不良影響，甚至稱呼他為兄長大人，這種事情要是傳到陛下耳中，只怕你的腦袋不保啊。」

「達斯堤尼斯爵士說的沒錯。要是陛下從前線回來了，我可不打算幫你說話喔。我會老老實實將在這座城裡發生的事情稟報陛下。」

「不是啦，不是妳們說的那樣！我只不過是在家裡沒大人的時候，陪一個過得很寂寞的小女孩玩了幾天罷了！更重要的是……！」

為了讓其他貴族也聽得見，我盡可能大聲說：

「我所謂的大問題，是指那個在王都暗中作亂的義賊！我聽說了喔！據說住在王都的貴族們接連受害對吧！」

「是、是啊，確實如此，聽說他專門對付素行不良的貴族……」

「那又怎麼樣呢，和真大人？」

見兩位大貴族一臉迷惑，我豎起拇指，指著自己的胸口說：

「那個在街頭巷尾造成騷動的義賊，就由我來逮住他。」

「「啥？」」

達克妮絲和克萊兒愣了一下。

同時，附近的貴族們也開始議論紛紛：

「王都的騎士團和警察都在進行搜查，但是依然未能掌握任何線索耶，而他卻說要抓住那個賊人？」

「應該說，從剛才開始就一直在會場裡跑來跑去的那個男人是何方神聖？其實我一直很好奇……」

「噓！聽說，那個不起眼的男人是達斯堤尼斯爵士的隊友……」

「那個就是……？那個怎麼看都不像冒險者，還比較像是一般老百姓的男人嗎？」

「我記得他是來當愛麗絲殿下的玩伴的那個尼特吧？前幾天我還看到他讓女僕隨侍在側，在城堡的中庭午睡到傍晚呢。」

各位貴族，我都聽到了喔。

不過，我沒有理會那些交頭接耳的聲音繼續說：

「你們想想，我和身為貴族的達克妮絲關係這麼好，站在我的立場來說，竊取貴族財物的那個什麼義賊，無論多麼有人氣、多麼照顧弱勢，都還是我的敵人。因為，下一個被偷的搞不好就是達克妮絲他們家啊。」

「嗚、喂！我們家可沒做什麼會被義賊盯上的那種見不得光的事情喔！」

我握緊拳頭，對乖乖吐嘈的達克妮絲大聲疾呼：

「達克妮絲，我們就連魔王軍幹部都有辦法打倒了，一定能夠解決這次的事件。畢竟，我們不但保護了阿克塞爾，甚至還拯救了阿爾坎雷堤亞和紅魔之里的危機啊！像這樣來到王都一定也是某種緣份。儘管人稱義賊，小偷還是小偷。我們不應該坐視不管！」

「話、話是這麼說沒錯……不過和正義感沾不上邊的你，怎麼會突然說出這種話？你到底有什麼企圖？」

達克妮絲似乎不太能夠接受，對我投以懷疑的眼神。

「這個嘛，等到我真的抓到義賊之後，就又可以在這座城堡裡白吃白喝了啊……」

「你、你這個人……」

正當克萊兒因為我這麼說而感到傻眼，準備說些什麼的時候……

「太了不起了！」

一名貴族對我拍手叫好。

在他之後，其他貴族們也都紛紛表示……

「不愧是達斯堤尼斯大人的隊友！啊啊，沒有喔，我當然也沒有做過任何會讓義賊盯上的事情。」

「聽說他是能夠對抗魔王軍幹部的男人呢。逮捕賊人這種事情，對他來說大概只是小菜一碟吧。」

「我也沒有做什麼虧心事，但是能夠逮到賊人的話也是一件值得高興的事情！沒錯，我並沒有做什麼會被盯上的事情喔。」

這些傢伙也太容易看穿了吧。

……不過，這樣就可以了。

有了逮捕義賊這個理由，我就可以繼續待在城裡。

要是抓到義賊，我就可以大搖大擺地留在這裡，還可以得到獎賞。

要是抓不到，搜查時間拖得越長，我能夠和愛麗絲待在一起的時間也就越久。

而愛麗絲也跟在我身後，閃閃發亮的眼睛當中寫滿了期待。

這樣啊，妳這麼想看到妳最喜歡的兄長大人有傑出的表現啊！

包在我身上，等我在城裡再打混一陣子之後，很快就會抓到他的！

看著這樣的我，克萊兒沉思了半晌之後點了點頭，拍了一下手說：

「我明白了。那麼，在這之後就請和真大人住進可能遭竊的貴族家裡，直接開始盯哨。

然後，要是真的成功逮捕了賊人，我們也可以考慮讓你繼續待在城堡裡……也請各位全力協助和真大人！」

……咦？

第三章 對帥氣的義賊執行天誅！

1

如意算盤打得太響了。

我原本想盡可能拖長搜捕的時間，才能多賴在城裡久一點。

過了一個晚上，來到這天的早晨。

「真是的，和真是不是不自己去找麻煩就會死掉啊？居然為了這種事情連累我們。我可是迫於無奈才幫你的忙，麻煩你以後不要再說我怎樣又怎樣了。真是的，和真你真是的！」

「就是說啊！從今以後，你可沒辦法再說我們是一天到晚惹麻煩的麻煩製造者了喔！不過我們是同伴，所以我當然會幫你的忙，不會丟下你啦！」

昨天在派對上只顧著大吃大喝的兩個人，現在一臉得意地這麼對我說。

我並沒有拜託她們幫忙我逮人，但是在我向她們說明狀況之後，她們就逮住了這個機會說要協助我，一副施恩於我的樣子。

這次的工作是逮捕義賊，老實說根本不需要她們兩個，不過難得她們這麼有幹勁，我還是別管她們好了。

然後，我們現在，已經來到最有可能成為義賊目標的缺德貴族家裡。

「──所以，你們就毫不猶豫到我這裡來了啊。」

這裡是阿克塞爾的缺德領主，也就是阿爾達普的別墅。

之前的目標都是素行不良的貴族。

既然如此，即使不斷冒出負面傳聞的這個傢伙被盯上也不足為奇，所以我們就像這樣來到了這裡。

帶著男性護衛迎接我們的阿爾達普絲毫沒有掩飾自己的不悅，同時也毫不客氣地以興奮的視線盯著達克妮絲的身體四處打量。

我承認情色妮絲的身體很誘人，達克妮絲剛洗好澡的時候連我也會忍不住打量她，所以我可以理解阿爾達普的心情。

但是，像這樣露骨地盯著別人的身體一直看還是不太對吧。

或許是察覺到我的視線，阿爾達普往我們這邊瞥了一眼。

他的視線先是指向我，不知為何以冰冷的眼神盯著我看了一下。

之後他表現出一副不太感興趣的樣子，接著將視線移到阿克婭身上。

然後，他的視線就這樣停了下來。

阿克婭輕輕倒抽了一口氣，躲到我身後來。

「……喔喔……喔喔！想不到啊想不到，不愧是達斯堤尼斯大人的隊友，真是太美了！要打個比方的話……沒錯！簡直就像是……女神般的美貌！」

「什麼簡直就像是女神，我真的是女神好嗎！我真的是女神！」

阿克婭從我背後只探出頭來，如此抗議。

「哈哈，不只是美貌不凡，連開玩笑的功力都如此了得！」

「你等著遭天譴吧！」

阿克婭如此吶喊，但阿爾達普似乎是把這句話也當成玩笑的一部分了吧。

接著，他又將視線移到惠惠身上……

「喔喔，想不到啊想不到。」

正當領主打算說些什麼的時候。

他身邊的男性護衛在他耳邊不知道說了什麼。

因為距離太遠了，我無法完全聽到正確的內容……

「……大人……說話……請小心……那就是傳聞中的，腦袋……」

「……那就是……！既危險……有問題的……！」

低聲這麼說的領主，臉色瞬間大變。

「喂，你把視線從我身上移開是什麼意思說說看啊，我洗耳恭聽。根據你的回答，本小姐可能得讓你見識一下我是不是那個男人的耳語當中那種人喔。」

「沒、沒有，就是……喔喔，妳感覺也非常可愛又美麗……」

「哦？然後呢，然後呢？」

被惠惠纏上的阿爾達普以求救的眼神看著我。

「……喂，我可是日夜保護阿克塞爾的功臣喔，就不會多誇獎我幾句嗎？現在就讓你見識一下吾的爆裂魔法有多麼強大，這裡的庭院借我用一下。」

「不，我十分了解妳有多麼厲害！」

……好想暫時放著他們不管喔。

「話、話說回來，達斯堤尼斯大人，妳這是想說我是會被義賊盯上的缺德貴族嗎？而且，我原本以為妳不會想住我家呢，想不到妳看起來也沒有那麼排斥嘛。不過，像達斯堤尼斯大人這種地位的人，要是不分青紅皂白地聽信坊間的負面傳聞而懷疑我的話，真是讓我深感遺憾啊。如果妳認為我是會被義賊盯上的人，那就不用客氣，想住多久都沒關係。」

阿爾達普帶著賊笑如此挖苦我們，藉以牽制。

「沒有這種事，我們並不是懷疑你……這純粹只是調查的一環……」

在達克妮絲慌張地如此辯解時，我從她身邊鑽了過去，走進屋內說：

「他准許我們想住多久都沒關係了！那最大的客房就是我的房間了！」

「和真太狡猾了！這種事情應該要大家好好商量才對吧！我想要離飯廳最近的房間！」

「我想要宅邸裡面位置最高的房間！要我住閣樓也沒關係！」

在魚貫走進宅邸的我們身後，達克妮絲獨自一個人難為情地說：

「……不好意思，要在府上打擾一陣子了……」

「沒、沒關係，我無所謂……不過，看來達斯堤尼斯大人也很辛苦呢……」

阿爾達普也略帶憐憫地這麼說。

——在街頭巷尾引起熱議的義賊似乎是單獨作案。

聽說他專門闖進風評特別差的貴族家裡偷東西，將竊得的錢財分給孤兒院，是個典型的義賊。

而且，根據勉強看見他的目擊者表示，那名盜賊似乎是個頗優的型男。

一臉愁容的達克妮絲說：

「義賊的所作所為是犯罪，並不是值得誇獎的事情。確實不是，但是……老實說，要我抓住那個傳說中的義賊，我實在提不起勁……」

這裡是阿爾達普的宅邸。

大家在被我占走的最好的客房集合，討論要怎麼對付那個義賊。

「話雖如此，小偷還是小偷。我最討厭打著弱者的盟友，拯救有困難的庶民之類正義大旗的型男了。」

聽我斬釘截鐵地這麼說，達克妮絲和惠惠露出微妙的表情看著我說：

「……該怎麼說呢。你的長相也沒有真的那麼差，別老是那樣鬧彆扭吧。我之前就覺得，你是不是對型男兩個字有什麼心結啊？有什麼心事的話我可以聽你訴苦喔。」

「我覺得，和真的長相也還算帥氣喔，你不需要那麼自卑啦。」

「別、別這樣啦，幹嘛突然對我這麼體貼。這樣反而害我覺得自己很小家子氣，閉嘴啦……怎樣啦阿克婭，從來沒看過妳這麼一本正經的表情，是想怎樣？」

唯獨阿克婭對我露出了溫柔的微笑：

「汝，迷途的繭居族啊。別太過自責……無法努力是社會的錯，個性不佳是環境的錯，外貌不優是基因的錯。別責備自己，把錯推到別人身上即可……」

「開什麼玩笑啊，我可沒有自卑到那種程度好嗎！長相也就算了，個性方面……喂，妳們別這樣，幹嘛全都一臉微妙地苦笑啊！再說，我的外表好歹也有保持在標準值上好不好！別……喂，妳們別這樣，不要大家一起對我好可以嗎！」

我趕跑對我比之前都還要溫柔的三人，開始擬定逮捕義賊的作戰計畫。

那個義賊好像都在深夜到凌晨這段時間活動。

來到這個世界之後，數度跨越生死關頭的我，憑直覺認定下一個目標就是這間宅邸。

看來，我們會在這間宅邸住上好一陣子了。

2

——住進這間宅邸的隔天。

走出分配到的房間之後，我在宅邸裡面到處閒晃。

目的是為了調查義賊可能潛入的路線和目的地。

我假裝自己是來當小偷，先從宅邸的外面開始觀察。

哎呀，一樓廚房的窗戶已經壞得差不多了。

不知道是不是阿爾達普捨不得出修理費，似乎只有叫外行人敲了幾根釘子對壞掉的窗框做了簡單的補強而已。

嗯，如果是我就會從這裡潛入。

我回到宅邸裡面，來到廚房，想像小偷從窗戶潛入之後是怎樣的心情。

潛入的時間應該是深夜。

既然如此，走廊應該也是一片黑。

兼具夜視能力的千里眼技能，只有弓手職業和冒險者可以學習。

既然如此，小偷只能在黑暗中伸手摸索，沿著牆壁慢慢前進。

我一面在腦中模擬小偷的狀況一面前進，結果來到一個小巧的房間。

乍看之下這間房裡什麼都沒有，不過如果我是小偷，姑且還是會詳細調查一下裡面吧。

我這麼一想，便推開門……

「嗯？怎麼，是你啊。有什麼事嗎，這裡什麼都沒有喔。沒事的話不要在宅邸裡面到處亂晃。」

不知為何，阿爾達普在裡面。

的確，正如阿爾達普所說，這個房間裡面只有掛在牆上的一面大鏡子，除此之外什麼都沒有。

但是，這個大叔在這種房間裡面幹嘛啊？

冒出這個疑問時，我發現阿爾達普拿著水桶和毛巾，這才察覺到他是在打掃這裡。

明明有傭人，他卻在打掃……？

正當我覺得奇怪的時候，掛在牆上的大鏡子裡面出現了一個人影。

那是……

「奇怪？這面鏡子是怎樣，是某種魔道具嗎？感覺就像單面鏡那樣……」

出現在鏡子裡面的是這間宅邸的女僕。

看來隔壁是浴室，女僕則是來打掃浴室的。

我一直看著女僕，但對方好像完全沒有發現我們。

……喂。

「大叔，你該不會是來擦這面鏡子的吧？」

聽我這麼說，阿爾達普尷尬地別過頭去，輕聲說：

「……你、你要一起看嗎……？」

「你以為這麼說就騙得到我嗎？真是的，我看你是因為達克妮絲住下來了，才特地來保養這面鏡子的吧。身為男人，我也不是不了解你的心情……好吧，我不會告訴我的同伴們有這個房間就是了，我頂多只能做到這樣。相對的，我們住在這裡的這段期間內，你可別想用這個房間喔。為了以防萬一，我會搬到這個房間來住。好了，快出去快出去。」

說著，我揮了揮手趕他走，阿爾達普便難過地雙肩一垮，準備走出去……

但走到一半，他突然站定。

「等一下，你要用這間房間就表示……」

「喂，你夠了喔，不准以你的小人之心揣測我！別把我和你混為一談！我只是為了保護同伴才說要住在這個房間裡面而已！」

「如果是這樣的話，你也不需要住進這個房間，只要在同伴入浴的時候監視我不就可以了！好了，你也給我從這個房間滾出去！你這種小鬼休想看到拉拉蒂娜的裸體！」

「真可惜，我已經和達克妮絲一起洗過澡了！先不談這個了，我可不想浪費自己寶貴的時間監視你這個大叔！小心我去爆料喔，到時候不只達克妮絲，就連女僕們都會知道有這個房間！這個交易對我們雙方都有好處，要是不想被這間宅邸裡的女生們討厭的話，你就乖乖閉嘴吧！」

「你想告訴我們家的女僕們就去說好了！我付給她們那麼多薪水，對女僕而言被性騷擾也是工作之一！不過，她們脫光之後可是相當壯觀喔，難道你沒有興趣嗎？……如何，不如你聽聽我的交易吧？我總覺得你身上散發出同類的味道。這種時候還是男人之間彼此關照，一起享受好處吧。」

「……有、有那麼壯觀嗎？」

「那當然了，雄偉到不行。」

…………

我默默伸出手，而阿爾達普也伸出手握了過來……

「聽起來挺有意思的嘛。到底是什麼東西那麼雄偉，我洗耳恭聽。」

就在這個瞬間。門口的方向傳來一個熟悉的聲音，我們連忙縮手。

不需要確認是誰，我和阿爾達普都指著對方說：

「「這個傢伙想偷窺……！」」

於是單面鏡就被打破了。

——以護衛的身分住進這間宅邸，已經過了三天。

目前為止義賊還沒現身，生活就像在阿克塞爾的時候一樣平穩。

來到王都之後，阿克婭和達克妮絲一天到晚都往外跑，很少看見她們待在這間宅邸裡。

阿克婭要驅逐在王都非常囂張的艾莉絲教，在外面反覆進行名為傳教活動的擾民行為。

至於達克妮絲，她每天都被貴族們邀請進城裡，聯絡貴族之間的感情。

在這樣的狀況之中，我則是——

「哎呀，和真早安。不過，時間已經過中午了就是。」

睡醒之後，我到飯廳露臉，發現惠惠正在吃午餐。

「我是為了防範義賊潛入，故意熬夜到很晚才會睡到現在，並不是故意過著墮落的生活好嗎……再說了，聽說惠惠在我不在家的時候，不是也每天熬夜嗎？」

「唔……！我、我確實是熬夜了沒錯啦！但我還是很早起床喔！先別說這些了，目前有任何義賊要來的跡象嗎？」

惠惠顯得格外慌張，拿著咬到一半的麵包這麼說。

這是怎樣，搞得像戀愛喜劇一樣。

「妳在慌張什麼啊？難不成就像達克妮斯說的一樣，妳真的那麼擔心我嗎？沒想到妳也有這麼可愛的一面呢。」

我帶著賊笑如此調侃她，惠惠便微微紅著臉說：

「這……這個嘛，我當然會擔心啊。和真明明那麼弱，卻一直很容易被捲入麻煩當中。而且又不像故事裡的主角那樣，在危險的時候都很剛好地有人相救，三兩下就會死掉。」

「我、我也不是自願被捲進麻煩之中，也不是自己想死才去死的好嗎！喂，妳別這樣，幹嘛突然在我面前那麼乖巧啊，這樣我反而不知道該如何是好！」

我因為出乎意料的反擊而陷入一陣慌亂，逗得惠惠咯咯笑了起來。

「在紅魔之里的時候你明明想對我做那麼超過的事情。和真才是吧，沒想到你也有這麼可愛的一面呢。」

說著，她像是要報復剛才被我調侃似地露出賊笑。

可惡，這個傢伙應該也沒有戀愛經驗才對，為什麼有辦法這樣把我玩弄在股掌之間啊？

這麼說來，我們現在是什麼關係？

惠惠對我說的喜歡，到底是哪種意義的喜歡呢？

要是我理解為字面上的意思然後也回說喜歡她的話，大概會得到「我不是那個意思，是指朋友之間的喜歡……」之類的回應吧。

充斥在日本的漫畫和輕小說當中，淨是些這兩個傢伙怎麼看都喜歡彼此，讓人只想說快點在一起好嗎的狀況。每次看見這種拖泥帶水的劇情都讓我覺得煩躁。

然而，實際面臨同樣的狀況就知道有多痛苦了。

因為害怕一直以來的舒適關係瓦解，而猶豫著是否該更進一步。

最根本的問題是，我是否真的喜歡這個傢伙？

青春期的男生非常單純。

只要女生握住我們的手、表現出對我們有意思的樣子，就可以輕鬆得到我們的注意，讓我們喜歡上她。

正當我煩悶不已的時候，惠惠不知不覺間已經用完午餐了。

「和真。等你吃完早餐以後，要不要和我去約會？」

她輕描淡寫地這麼說，同時對我笑了笑。

——惠惠的聲音在王都旁邊綿延的山岳地帶迴響。

「『Explosion』——————！」

我就知道是這麼回事！

接受了約會邀約的我，跟著想找地方發爆裂魔法的惠惠來到了王都外面。

「你看，剛才的爆裂魔法！說到破壞力也好、魔法的有效範圍也罷，今天依然是犀利不已，犀利不已啊！」

「好好好，爆裂魔法超強的。喂，不要一興奮就亂動啦，這樣很難背耶！」

「話是這麼說沒錯啦，但我還是很想親眼看看被轟得粉碎的岩山啊……！」

從紅魔之里回來之後，惠惠對爆裂魔法投注的熱情變得更為強烈了。

利用她儲存已久的技能點數進一步強化了爆裂魔法之後，現在這個小蘿莉施展的魔法，威力已經達到對人類足以稱作災厄的程度了。

對於阿克塞爾的居民而言，每天一次的爆裂魔法所造成的巨響已經成為某種特色，事到如今大家根本都不為所動。

然而，在王都這裡可就不是那麼回事。聽說已經有很多人向阿爾達普抗議了。

應該說，惠惠來到王都才沒過幾天，她的名字就已經傳遍大街小巷了。

我在紅魔之里動過惠惠的冒險者卡片之後，這個傢伙像是把之前一直積存在心裡的煩惱清空了似地拋開了猶豫，完全不知道節制。

在紅魔之里的時候，我怎麼會做出那種事情來呢？

背著惠惠的我了一口氣，同時輕聲說：

「我覺得當初還是應該讓妳學上級魔法才對……」

「你剛才說的那句話我可不能當作沒聽到喔！和真當時的行動和對我說的話，原本讓我非常感動耶！」

我一面安撫在背上大吵大鬧的惠惠，一面走回阿爾達普的宅邸。

——待在這間宅邸一個星期了。

義賊還是沒來。

「等一下！你們別小看水之女神喔，事關美酒的話任何人都騙不了我！書房裡有更貴的酒對吧？快點，拿那種酒過來！」

在這一個星期裡面，阿克婭將阿爾達普收藏的美酒一瓶一瓶喝光。

「……這時，我的爆裂魔法就發威了！可憐的魔王軍幹部漢斯，就此粉身碎骨！接下來，我就告訴你們在對付魔王軍幹部席薇雅的戰鬥之中，我的表現有多麼活躍……」

惠惠不只逮住宅邸里的傭人，就連阿爾達普也被迫聽她花上大半天講自己的英勇故事。

然後——

「女僕小姐——女僕小姐——！麻煩妳們像平常那樣幫我按摩吧！啊，今天的晚餐我想吃白毛牛的壽喜燒。還有，我預訂了加大床組和又軟又蓬的羽絨被，送到了就搬進我的房間裡安放好喔——！」

至於我，已經完全把這裡當成自己家，適應得很好了。

最近，大家都聚集在會客室裡過著無所事事的每一天。

如果沒辦法回城裡的話，一直待在這裡叨擾或許也不錯。

……茫然地看著這樣的我們，這幾天以來感覺好像瘦了一點的阿爾達普，以疲倦不堪的聲音低語：

「達斯堤尼斯大人……」

聽見他的呼喚，縮在會客室的角落的達克妮絲抖了一下。

「不好意思，我之前說明明說過『不用客氣，想住多久都沒關係』，不過……」

「你不用全部說完沒關係！我立刻就叫他們出去！」

達克妮絲一臉快哭出來的樣子，羞愧地低頭致歉。

3

——萬物皆已入眠的深夜。

「真傷腦筋啊……我原本還覺得他們家一定會遭竊的說……」

現在是不死怪物和尼特活動力最強的時段。

在白天充分補充了睡眠而睡不著的我，因為肚子餓而前往廚房。

不過，這下可麻煩了。

那個義賊不來偷負面傳聞不斷的阿爾達普是怎樣？

這樣我想在這裡順利逮捕義賊，藉著這個功績回到城裡去的計畫就……

既然明天就得離開這個家，盯哨也就到此結束了。

難道我們在這裡盯哨的行動被對方識破了嗎？

而且到底是誰說我的運氣很好來著？

這麼說來，聽說艾莉絲女神也掌管幸運是吧。

難不成，是因為我太愛玩弄身為艾莉絲教徒的達克妮絲，所以艾莉絲女神才會這樣捉弄我嗎？

又或者，是那個義賊的運氣太好了呢……

這時，前往廚房的我，發現裡面已經有別人了。

我明明感覺到有人的氣息，廚房的燈卻沒亮。

既然如此，會在這種時間出現在廚房裡的——

……一定是夜視能力比我還強，生活作息也和我一樣的阿克婭吧。

以那個傢伙的行動來說，大概是來廚房找東西配酒吧。

就我正打算出聲叫她的時候……

「居然連個看守的人都沒有，是我想太多了嗎？總覺得有種不祥的預感，所以我之前都一直避開這間宅邸的說……」

卻聽見黑暗之中，傳出非常小聲的自言自語。

看來，在離開這裡之前的最後一天，大獎真的來臨了。

感謝幸運女神艾莉絲！

「……？我剛才好像感覺到微妙的氣息……」

哎呀，糟糕。對方是義賊，職業一定是盜賊吧。

他可能用了感應敵人技能，感覺到我的氣息了吧。

我憑著下意識發動的潛伏技能，在黑暗中緊緊貼著牆壁，然後就這樣動也不動。

「是錯覺嗎……？」

在輕聲這麼自言自語的同時，入侵者開始在黑暗中一點一點移動。

看他在移動的時候也不停摸索，果然還是沒有夜視的技能吧。

我跟在入侵者的後面，在縮短距離的同時察覺到一件事。

「那麼，『感應寶物』……有了有了，在這邊啊……」

這個很愛自言自語的入侵者——

「逮到啦——！」

「！」

對入侵者抱緊處理的同時，我感覺到柔軟的觸感。

沒錯，這個小偷是女的。

「——好了，乖乖就範吧！哼哈哈哈哈，驚動世間的賊人，這下踢到鐵板了吧！其他阿貓阿狗也就算了，本大爺可是一路對付魔王軍幹部至今，妳可不要以為自己可以逃出我的手掌心！」

「住手！等、等等……！不對，這個聲音，你該不會是……！」

……？

這是怎樣？我也覺得這個小偷的聲音好像有在哪裡聽過。

「難不成你是和真嗎？而且，喂，你現在抓的是很不妙的地方好嗎！」

「不，我只是在逮捕入侵者而已……等等，妳該不會是……」

我的夜視能力沒有強到能夠看清長相，但也已經發現對方的真實身分了。

「是我啦！達克妮絲的好朋友，也教過你技能的……！」

入侵者是用布條蒙住嘴的克莉絲。

4

雖然有點可惜，我還是放開了抓住克莉絲的手。

我用在維茲店裡拿到的打火機點了火，便看見微弱的火光之中，克莉絲正淚眼汪汪地緊緊抱著自己。

「嗚……嗚……全身上下都被摸遍了……我已經嫁不出去了啦……」

「沒辦法啊，因為我以為妳是小偷嘛。而且我又沒有適合用來逮捕人的技能。就算告上法庭我也有自信可以勝訴。」

「晚一點我再教你一招叫『Bind』的方便技能啦……」

我仔細觀察哭哭啼啼的克莉絲。

克莉絲身上穿著黑色的內搭褲和黑色的襯衫，就連嘴邊也蒙著一塊黑布。

當然，穿成這樣闖進宅邸，就表示……

「克莉絲就是傳說中的義賊啊。」

「對啦。而且你為什麼會在這種地方啊？」

我簡略地說明了一下狀況之後，克莉絲的表情開始抽搐。

「達、達克妮絲在這間宅邸裡嗎？不妙啊，大事不妙了，要是被她發現我在做這種事，我會被她罵啦！」

「這也是沒辦法的事情吧。就算人稱義賊，妳做的事情還是犯罪啊。不過，我們有達克妮絲可以靠。只要妳乖乖道歉，應該不至於小命不保吧。做了壞事就是做了壞事，妳還是好好贖罪吧。」

「等一下！不是啦，我這麼做是有理由的。」

克莉絲連忙這麼說，但我也有我的苦衷。

我現在只想要建功。

而且，既然是達克妮絲的朋友，也不會那麼容易被判死刑。

受害的貴族們被偷走的都是見不得光的錢，要是搞成公開審判，傷腦筋的也是他們。

只要好好利用這一點，應該可以私下和解了事吧。

就在我想著這些的時候，傳來了一陣往這邊跑過來的腳步聲。

看來我們剛才實在太吵了。

這時，癱坐在地板上的克莉絲下定了決心，抬起頭來：

「沒辦法了，我就對你老實說好了。而且，只要好好說明，達克妮絲一定也可以諒解，一定也願意協助我才對！」

看著她意志堅定的表情，我冒出不祥的預感。

沒錯，這種走向——

「其實，我之所以闖進貴族家中偷東西是有理由的。事情是這樣的……」

就是平常那樣即將被捲進嚴重的麻煩當中的發展！

「等一下，閉嘴，我不想聽！而且妳也不需要告訴達克妮絲！」

見我連忙制止她，克莉絲疑惑地歪了頭。

要是她告訴了達克妮絲，對我也是個麻煩。

達克妮絲的腦袋那麼古板，要是知道有什麼嚴重的問題肯定不會坐視不管。

現在的我確實是很想建功，但首要的前提是安全、低風險。

照這個走向，她肯定會搬出什麼非常不妙的話題，一再被捲入麻煩之中的我憑直覺就可以肯定。

「咦？可、可是……」

「聽我的話就對了！快點，趁還沒有人來之前快點逃走，我放過妳就是了！」

說著，我將克莉絲推進廚房。

「不、不是，那個……吶，我有事情想請你幫忙……」

「我不想聽我不想聽！妳仔細想清楚喔，現在往這邊趕過來的是惡名昭彰的好色領主！要是被他看見被抓住的克莉絲，那可就不得了了……」

「今、今天我就先撤退了！改天我再過來對你說清楚講明白！」

「不用再過來了！啊，更重要的是對我施展『Bind』！這樣一來，辯稱被小偷逃走的時候我才有藉口！」

「我、我知道了！那我要出招嘍！『Bind』！」

克莉絲拿著繩索如此大喊，我的身體便遭到拘束。

接著克莉絲便直接拔腿就跑，從廚房的窗戶縱身於夜色之中。

「——和真，你沒事吧？」

首先趕到的是拿著油燈的達克妮絲。

緊接在後，阿克婭和惠惠也來了。

「這……！和真，你中了拘束技能嗎！闖進來的賊人怎麼了？」

「很遺憾的，就差這麼一點，但還是被他逃走了！沒想到我竟然會因為一時大意而失敗……！」

被繩索綁住的我裝作心有不甘，如此宣稱。

「被他逃走了啊……不過，這也是沒辦法的事情。畢竟，對方可是接連闖進警備森嚴的貴族家的盜賊。先別說這些了，你沒受傷吧？賊人是怎樣的傢伙？」

達克妮絲在我身邊蹲下，努力嘗試幫我鬆綁，但經過技能加持的拘束並不是這樣就能解開的。

「賊人是個戴著詭異面具的男人，而且是個可怕的高手。搞不好比魔王軍幹部還要厲害呢。」

「竟、竟然是如此的強敵嗎！」

聽我這麼說，惠惠驚叫出聲。

這時，原本默不作聲的阿克婭湊到我身邊來：

「……對了，和真。你現在像隻蓑衣蟲似的，是不是動彈不得啊？」

她在我身邊蹲了下來，這麼一問。

「看也知道吧，我原本只差一步就可以逼到他走投無路，卻被拘束技能給綑綁住。對了，能不能用妳的魔法來解除這個狀態？妳不是有辦法解除很多東西嗎，像是結界之類。」

「你以為我是誰啊？當然辦得到啊，那還用說嗎。」

阿克婭笑嘻嘻地這麼說。

「不愧是阿克婭，在重要時刻特別可靠！既然如此就快點幫我解除吧，動彈不得其實挺難過的。」

心中稍有不祥預感的我，以比平常更為友好的態度拜託阿克婭。

「吶，和真。不好意思，在這種時候還說這個，不過我有件事情想向你道歉。」

「……什麼事，妳說說看。」

這下我真的有不祥的預感了。

「就是啊，因為和真過了好久都沒有從城裡回來，我為了打發時間就跑到和真的房間裡亂翻。然後啊，我看到有個和真做到一半的公仔之類的東西就拿起來玩，結果就壞掉了。」

這個傢伙居然弄壞我要拿去賣的東西，解開束縛之後我真想打她一巴掌。

但是，現在的狀況對我來說是各種不利，沒辦法了。

「沒、沒關係啦，那種東西再重新製作就可以了。妳都道歉了，我怎麼會放在心上呢。別說這些了，快點幫我解開……」

「你願意原諒我啊？既然如此，還有其他事情我也趁現在全部說出來好了！其實那個時候，我想說反正沒有人在用這個房間了沒關係吧，就在和真的房間裡喝酒。你想想，在自己的房間裡喝的話，喝完以後還得清理下酒菜、酒瓶之類的，不是很麻煩嗎？然後，因為那個時候喝醉了，還弄壞了很多東西。」

只有表情一副很歉疚的樣子，阿克婭微微歪著頭說：

「抱歉啦——！」

真想一巴掌呼倒她。

趁我現在動彈不得的這個狀況道歉，可見這個傢伙根本就是故意的。

但是如果在這種時候幼稚地辱罵她，現在動彈不得的我不知道會被她怎樣。

「沒、沒關係啦，我和阿克婭的感情這麼好。都怪我沒回去，是我不對！好了，更重要的是快點幫我鬆綁……」

這時，達克妮絲和惠惠推開了阿克婭。

「呵。現在我才發現……！」

「這好像是個相當令人開心的狀況呢！」

在油燈的照明之下，她們露出扭曲的笑容。

——聽見騷動聲響的阿爾達普帶著護衛，衝到昏暗的廚房裡面來。

「這是怎麼回事！那個賊人闖進來了嗎……這、這到底是怎麼回事？」

然後，衝進來一看見我的模樣，整個人動也不動。

一看見阿爾達普，我便放聲慘叫：

「救命啊——！」

居高臨下地看著這樣的我，達克妮絲滿心歡喜地說：

「你該說的不是救命吧！快點，你快說啊！說你最近太得意忘形了，真對不起！說你老是給我添麻煩非常抱歉！說你害我丟臉非常抱歉！」

「非常抱歉！給妳添麻煩我非常抱歉！害妳丟臉了我非常抱歉！」

「我想聽和真親口再說一次那句話！快點，就是那個時候很帥的那句！你說有幾分？我的爆裂魔法有幾分？」

「別這樣！那種話就是只說一次才有價值！別叫我一說再說好嗎，丟臉死了！」

「沒關係啦，你說就對了。快點快點，別害羞啊，快說！」

「哼哈哈哈哈，偶爾逆轉立場也不錯嘛！好了，接下來……！」

我只能哭著向我之前超討厭的那個男人求救。

「阿爾達普大人——！」

5

——隔天早上。

為了報告昨天的事情，我們來到城裡。

這裡是城堡的最深處，一個叫作謁見廳的地方。

「原來如此。你原本對逮捕盜賊那麼有自信，卻失敗了是吧。」

來到這裡之後，克萊兒如此毒舌地對我說。

謁見廳深處的王座，坐的是代替遠征中的國王的愛麗絲。

我總不能說我們認識的冒險者就是那個義賊，所以編了一個虛構的犯人出來。

我說，那是個戴著面具、功夫了得的怪盜。

「不，也不能說是完全失敗吧！要是沒有我，阿爾達普大叔的寶物大概就被偷走了！」

貴族們聽了，紛紛交頭接耳了起來。

他們的耳語對話內容，多半都是在說我沒有他們以為的那麼厲害。

「……嗯。也罷。既然一路對抗魔王軍幹部的和真大人都這麼說了，我想也不需要使用測謊魔道具了吧。沒錯，那個所謂的義賊肯定是非常厲害的對手吧。」

這個傢伙，看來是懷疑我在胡謅啊。

聽著克萊兒隱約有點瞧不起我的說詞，站在我身後的惠惠散發出來的氣息為之一變。

正當達克妮絲連忙阻止不知道打算做什麼的惠惠時，愛麗絲離開王座，站了起來……

「那個……無論如何，辛苦你了！你不是在逮捕義賊的行動上失敗，而是成功防範了義賊的偷竊行為，任何人都沒有理由責怪你！」

然後紅著臉，並握著拳這麼說。

在我對愛麗絲的舉動感到有點感動時，克萊兒苦著一張臉說：

「既然心胸寬大的愛麗絲殿下都這麼說了……你之前在貴族聚集的場合說了那種大話卻失敗了，照理來說應該做出某種程度懲處，你應該感謝愛麗絲殿下的慈悲為懷才是……但我們也沒有理由讓未能成功逮捕義賊的你繼續待在城裡。好了，快離開吧！」

——在走出謁見廳到離開城堡的路上，看見我的女僕和執事們的態度都非常生疏。

看來他們也聽說了我的失敗。

他們已經完全認清我是個沒多少斤兩的傢伙了。

「該怎麼說呢，你別太在意這件事啦。你幹得很好。誠如愛麗絲殿下所說，你防範了賊人的犯罪也是事實。不過，我們也該回家了吧。回到鎮上之後，我暫時也不會逼你工作了。巴尼爾會給你一大筆錢不是嗎？你大可暫時悠閒度日了啊。」

「和真，你總該滿意了吧？我們回阿克塞爾去吧。如果你想過無所事事的生活，又不見得要待在城裡，回阿克塞爾的豪宅也可以吧？」

達克妮絲和惠惠這麼安慰我。

……我也沒有那麼堅持非得待在這棟城堡裡過我的尼特生活不可。

只是有個明明只有十二歲，卻不會耍任性，只會乖乖忍耐的小孩……

孤單地待在偌大的城堡裡的愛麗絲，總是讓我有點掛念，如此而已。

……可是，身分地位有差距，和她又沒什麼交集的我，即使繼續待在王都，大概也沒辦法為那個孩子做些什麼吧。

很遺憾的，我現在想不到任何好主意。

回頭看了一下聳立的城堡，我切實感覺到自己的無力，嘆了口氣：

「……先回家一趟好了……」

聽我這麼說，達克妮絲和惠惠這才鬆了口氣。

……她們大概是覺得我繼續待在王都的話，又會被捲入什麼麻煩之中吧。

「和真，我們明天再回去如何？難得來一趟，我想買點土產。王都也很多好酒喔。吶，反正你很閒吧？陪我一起去逛街嘛。」

還是一樣不識相的阿克婭突然對我這麼說。

6

「王都的酒也沒有我聽說的那麼優秀嘛。如果只是這樣，阿克塞爾的麥可大叔的店裡進的酒還棒多了。」

「麥可大叔是誰啦？而且妳在鎮上的朋友也越來越多了嘛。前陣子肉店的大叔也來過，送了一塊高級的肉說是要答謝妳幫他療傷。」

因為阿克婭的任性，最後只有我得陪她在王都逛街。

我叫達克妮絲和惠惠去找今天過夜的地方了。

真希望老是過度顧慮身邊的人的愛麗絲可以學學這個傢伙的沒神經。

「吶，我怎麼不知道這件事？還有那塊肉，我也不記得你有交給我耶。」

「因為妳和惠惠剛好不在豪宅啊，而且那個時候我又還沒吃午餐，所以就叫達克妮絲料理了一下，我們兩個就把那塊肉吃了。」

這時，阿克婭攻了過來，於是我接下了她的雙手。

「哎呀？居然在這種地方遇見妳，真是太巧了，阿克婭女神！」

這時，突然有人從背後叫了我們。

我轉頭一看，發現是那個持有魔劍的劍術大師。

好久沒遇見這個奇怪的傢伙了……

我記得他和我一樣來自日本，好像叫做啥真劍的吧。

他應該還有兩個女生跟班才對，不過今天好像只有他一個人。

阿克婭有點困惑地說：

「……誰、誰啊？」

明明是她把人家送來這裡的，結果完全忘記了對方的存在。

啥玉木的聽她這麼說，忍俊不住笑了出來。

「您還是一樣喜歡開玩笑呢，阿克婭女神。」

但是，阿克婭不經意地躲到我背後……

「和真，這個人是誰啊？幹嘛表現得一副跟我們很熟的樣子……」

然後在我耳邊輕聲這麼問。

「女、女神大人，是我啊！您挑選我來拯救這個世界，還賜予了魔劍給我。我就是劍術大師……」

「他是桂木啊，我們之前不是見過他嗎？」

「那、那是誰啊！我是御劍！再怎麼樣也該記好別人的姓名吧！」

額頭上冒出青筋的御劍如此怒叱。

聽到御劍這個名字，阿克婭好像還是沒什麼頭緒的樣子。

原則上，對付毀滅者的時候我們也見過面吧。

「聽了御劍這個名字妳還想不起來嗎？拿魔劍的那個人啦，拿魔劍的。」

聽我這麼說，阿克婭好像終於想起來了，拍了一下手。

就連御劍也發現我們不是在開玩笑，而是真的忘記了。

「嗚……喂，佐藤和真……你不會是真的搞錯我的姓名了吧？我們來測試一下，你叫叫看我的名字好嗎？」

「我們的關係還沒有親密到可以用名字互稱吧。」

「我叫響夜！不記得的話就老實承認啊！我叫御劍響夜，給我牢牢記住！」

御劍如此大聲喊叫之後，終於伸手扶著太陽穴，不住搖頭。

不久之後，他嘆了口氣試圖讓自己鎮定下來。

「……真是的，看來我還是得和你做個了斷才行。在那之後我的功力也增進了不少，這次我不會再像上次那麼丟人了！來吧，和我再戰……」

「你在說什麼啊？我們早就了斷過了啊，我贏了不是嗎？而且我已經不會再和你比試了。我要一直帶著在我還是新手的時候贏過你的事實，當個落跑的贏家。」

御劍顯得有點落寞，但如果是正面對決，我怎麼可能贏得了持有魔劍的上級職業。

「……你這個人……」

這時，原本嘆著氣的御劍……

「……算了。先不管這個了，在這裡遇見你們正好。我有話要對你們說。」

突然一臉正經地這樣對我們說。

——我和阿克婭在鎮上的咖啡廳裡面對面坐著。

點完東西之後，御劍將交握的雙手放在桌子上，稍微有點前傾。

「那就進入正題……不過，在那之前，我有一件東西想交給阿克婭女神。」

說著，御劍拿出某種東西。

是包裝得很可愛的小盒子。

……哦？

御劍將那個東西輕輕推到用紙巾專心折著東西的阿克婭面前……

「阿克婭女神。仔細一看，您身上總是沒有佩帶什麼首飾呢。就算身上沒有那些東西，您當然還是十分美麗……但如果您不嫌棄的話，還請戴上這個…………」

同時說出這種裝模作樣的恭維之詞。

這個傢伙在日本的時候，一定就是個現充吧。

「……？怎麼了？要送給我嗎？」

「是的，請收下。雖然只是便宜貨，我也不確定阿克婭女神會不會喜歡……」

說著，御劍露出爽朗的笑容。

真是個型男啊。

令人火大。

「喂，平常在你身邊的那兩個跟班怎麼了？你在這種地方泡妞沒關係嗎？」

「她們不是跟班，是我重要的同伴！她們兩個目前在鄰國練等。要是和我在一起的話，再怎麼樣都是我打倒的敵人最多。所以，我留在這裡，對付那些偶爾襲擊而至的魔王軍。」

沒有理會我們的對話，阿克婭打開小盒子，裡面放的是一枚小戒指。

那枚戒指看起來就很高級，一點也不可能是便宜貨。

自謙是便宜貨，其實相當認真呢。

不過，他怎麼會知道阿克婭的手指的粗細呢？

正當我這麼想的時候。

「……？尺寸太小了，套不進去啦。」

阿克婭稍微試戴了一下，然後立刻放棄。

看著她的舉動，御劍苦笑著說：

「那枚戒指上施加了魔法，尺寸可以……」

結果他的話還沒說完。

「和真和真，你看你看——」

阿克婭便這麼說，同時將紙巾蓋在那枚戒指上。

「鏘鏘——」

然後配著這樣的音效，拿開那張紙巾。

結果，原本在底下的戒指已經消失得無影無蹤了。

「……真厲害。是很厲害沒錯，不過戒指消失到哪去了啊？」

聽我這麼說，阿克婭表示：

「……？都已經變不見了，你問我消失到哪裡去了我也不知道啊。」

「咦？」

御劍怪叫了一聲。

……害我覺得他有點可憐。

「雖然是個尺寸不合的便宜貨，還是可以用來表演才藝。謝啦。」

說著，阿克婭露出天真無邪又燦爛的笑容，讓御劍也沒辦法多說什麼了。

「不、不客氣……！能夠幫忙阿克婭女神表演才藝，我也很開心。」

御劍一面這麼說，一面乾笑了幾聲

……太可憐了。

——阿克婭一副什麼事都沒發生似的，繼續哼著歌，並折著紙巾。

而御劍以關愛的眼神看了這樣的阿克婭一眼之後，看著我說：

「那麼，該進入正題了。這件事和你也不算無關。」

之後御劍告訴我的事情，統整一下大概是這樣——

聽說，魔王軍幹部貝爾迪亞之所以被派到阿克塞爾去，一開始的契機是魔王城的預言師說有一道巨大的光芒降臨在那裡。

一開始派遣貝爾迪亞的時候，魔王還是半信半疑。

然而，被派出去的貝爾迪亞遭到討伐，接著被派出去的巴尼爾又行蹤成謎。

而且，最近就連負責攻打紅魔之里的席薇亞也遭到討伐了。

據說，魔王軍之間有個傳聞，就是以上那幾件事都和某個冒險者小隊有關。

現在，魔王對那個冒險者小隊非常有興趣。

御劍表示，魔王很有可能會攻打那個小隊作為據點的阿克塞爾，或者再派別人過去。

……那個小隊根本就是指我們吧。

「話說回來，降臨在阿克塞爾的巨大光芒……」

我不經意地看了一旁專心地折著紙巾的阿克婭。

見我這麼做，御劍也跟著看了過去。

「……我認為是阿克婭女神。一開始，聽說魔王在警戒一道巨大的光芒，我本來還以為是我自己呢……別、別用那種眼神看我啦……」

發現我投射出「嗚哇……這個腦袋有洞的自戀狂是怎樣？」的視線，御劍露出厭惡的苦瓜臉。

這時，阿克婭對這樣的御劍說：

「完成了。來，為了答謝你的戒指，這個送給你。作品名稱叫作變形合體艾莉絲女神。胸部裝甲可拆卸，還可以三段變形。」

說著這種莫名其妙的話，阿克婭將剛才折的紙巾遞給了御劍。

御劍苦笑著接過那個東西：

「哈哈，謝謝您，阿克婭女神。我會好好珍……」

在笑著這麼說的同時，御劍看向他拿到的紙巾。

而我也不經意地和御劍一起看了過去。

「「好強！」」

那個用紙巾折成的摺紙隱約看得出艾莉絲女神的面貌，根本已經超越了摺紙的境界，可以說是藝術品了。

「……喂，阿克婭，也幫我折一個這個吧。」

「才不要，我從來不折一樣的東西。但你想要高機動冬將軍的話我可以折一個給你。」

「那、那就折那個給我吧。」

聽了我的我的請求，阿克婭又開始認真折起紙巾。

御劍見狀，笑著站了起來。

「佐藤和真，在我變得更強之前，你要好好保護阿克婭女神……那麼，女神大人，我就先走一步了。我會好好珍惜這個折紙的。」

聽御劍這麼說，阿克婭一臉疑惑地抬起頭：

「……？啊啊，好，改天見……吶，和真，變形功能是一定要的對吧？」

「當然要啊！那還用說嗎！拿出妳的常識來思考啦。」

看著我們兩個如此對話，御劍露出略嫌失落的表情之後……

「你和阿克婭女神真的很合得來呢。」

他這麼說完，留下一句「那我先走了」，便離開了。

——回旅店的路上。

「這麼說來，好像很久沒有人叫我女神了呢。那個叫桂木的，好像也不是壞人嘛。」

如果妳真的這麼覺得，就把人家的名字記對好嗎。

雖然一開始把他叫成桂木的我也有錯就是了。

看著興高采烈地對我這麼說的阿克婭，我這麼想。

魔王很在意這個沉不住氣的傢伙？

……不，我看應該不可能吧。

嗯，不可能啦——

「先別管這個了，今天晚餐要吃什麼？王都是超越阿克塞爾的激戰區，或許是因為這樣，這裡可以獵到強大又新鮮的怪獸肉。所以，王都的旅店基本上好像都要自己帶食材進去，然後旅店會幫忙用客人帶進去的材料，煮成經驗值十足的美味料理……我想吃點比較油膩的東西。今天就買點比較貴的肉進去，請他們做成燒肉吧。」

「我今天想吃清爽一點的東西耶。我想用生菜和炙燒生切片類的東西，來配比較烈的酒一起吃。」

御劍還說什麼我和阿克婭很合得來，意見馬上就分歧了啊。

「那我們來一決勝負好了。不過，多虧了御劍，我也想起妳是女神了。因為妳是女神，我就特別禮讓妳好了。和我比猜拳，三次裡面妳只要贏了一次，今天晚上就吃妳喜歡的料理。」

「哎呀——？怎麼啦，怎麼啦？和真難得這麼乖呢。既然如此，乾脆直接聽我的話不就好了嘛！那我們開始吧！剪刀——石頭——……！」

帶著這個完全忘記我猜拳很少敗北這件事，一向欠缺學習能力的女神，我拿著高級的肉回到了旅店。

7

——當天晚上。

睡在旅店裡的我忽然感覺到別人的氣息，醒了過來。

「……醒啊……吶，快點醒醒啊。」

隨著一個熟悉的聲音，我發現黑暗之中有個人站在我睡的床旁邊，低頭看著我。

「有小偷——！」

「哇啊啊啊啊！等等，是我啦，是我！吶，我是克莉絲啊！住手！你摸哪裡啊，住手啦！達克妮絲！達克妮絲，救命啊————！」

我試著抓住入侵者，結果入侵者的真面目是克莉絲。

「什麼嘛，是克莉絲啊。喂，既然妳在半夜闖進來找我，應該是要說些不想讓大家知道的事情吧？可是妳剛才卻向達克妮絲求救是怎樣。」

「你、你這個傢伙！吶，我看你是確定入侵者是我才抱過來的對吧！如果只是想抓人的話根本不會摸那種地方吧！」

克莉絲在黑暗中大口喘著氣。

我原本以為達克妮絲會聽見剛才的吵鬧聲而趕過來，卻完全沒有任何人醒來的跡象。

「真是的，面對你真的不能掉以輕心……必須依靠你這種人，我心中真的是千百個不願意啊。」

「跑進男人的房間裡來夜襲結果被摸了就尖叫，這是哪門子的仙人跳啊。」

「這才不是夜襲！更不是仙人跳！我不是說了嗎，我改天會再過來說明闖進那間宅邸的苦衷！啊，你是怎樣！喂，你不要假裝聽不見啦！」

見我兩手摀著耳朵準備鑽進棉被裡，克莉絲連忙纏住我。

「我在阿爾達普的宅邸不是說了嗎，我不想知道妳的苦衷！我才剛和公主殿下告別，心情本來就已經很不好了！改天再說啦！具體來說最好是明年再來！」

「現在不講就來不及了啦！你聽我說嘛！我之所以會闖進貴族們的宅邸，是有其正當理由的……！」

克莉絲開始對鑽進棉被之後依然持續抵抗的我說明自己的苦衷——

這個世界，存在著名為神器的超強裝備和魔道具。

既然號稱神器，那些東西自然也沒有那麼簡單能夠獲得。

但是，持有那些神器的人，都有一個共通點。

就是那些持有者都是黑髮黑眼，而且名字都很奇怪。

「也就是說，那些稱為神器的東西，應該只有像你這種名字很奇怪的人才拿得到。」

「不准說我的名字奇怪。別把我和紅魔族相提並論好嗎。」

抵抗未果的我，在身上的被子被掀開之後，聽著克莉絲這番莫名其妙的說明。

關於神器，我之前就聽阿克婭提過了。

就是在我要過來這個世界的時候能夠得到的力量一覽表上那些外掛道具。

「然而，雖然不知道事情經過是怎樣，但是好像有兩個沒了持有者的神器，被某個貴族買了下來。」

「哦。」

換句話說，就是神器原本的持有者死了，神器便流落到市面上。

其中一個神器，是能夠隨機召喚魔物並使喚牠們的外掛道具，而且不需要付出任何報酬或代價。

另外一個神器，好像是能夠和別人交換身體的東西。

能夠使喚怪物的道具聽起來就很強，這我還可以理解。但是能夠和別人交換身體的道具是怎麼回事？想要這種東西的轉生者到底打算用來做什麼啊？

在我心生疑問時，克莉絲坐到床上，一邊晃著雙腳一邊說：

「然後啊，我的盜賊技能當中，有一招『感應寶物』可以知道稀有的寶物藏在哪裡，所以我就用那個技能，查遍了王都的家家戶戶。」

「結果，聚集了稀有寶物的地方，全都是錢多到有剩的缺德貴族家是吧。」

「就是這麼回事！然後，我闖進去之後，卻都找不到神器。因為我從以前就一直很想做些類似義賊的事情，所以就趁機順便拿走他們那些做虧心事賺來的錢啦！」

這個傢伙當義賊只是因為一時興起和衝動嗎。

「然後，我在你之前往的那間宅邸感應到非常強烈的寶物的氣息，所以就潛入了。」

「原來如此。好吧，我知道妳為什麼要潛入貴族宅邸了。不過我還不知道你為什麼要收集神器。」

聽我這麼說，克莉絲不知該如何是好，抓了抓臉頰上的疤痕說：

「關於我收集神器的理由……這個嘛，或許過一陣子再告訴你吧？……所以，你在那間宅邸有看見類似的寶物嗎？那個叫阿爾達普的大叔有沒有用過什麼很厲害的魔道具之類？」

「除了他裝在浴室的單面鏡以外，我沒看到什麼很厲害的魔道具……話說回來，克莉絲感覺到的寶物的氣息，會不會是在那間宅邸裡的阿克婭的羽衣啊？那個傢伙之前也說過她的羽衣是神器。」

克莉絲聽了，垂頭喪氣地說：

「這、這樣啊，那就算了……然後啊，我之所以潛入這裡也是有理由的。」

「看吧，我就知道！」

「閉嘴，我已經不想再被捲進任何麻煩當中了！而且照這次的事情看來，我總覺得妳想拜託我的事情肯定非常不妙！」

「啊，你這個傢伙！你先聽看看再說啦！其實啊，我在城堡那邊感覺到相當強烈的寶物氣息。而且那股氣息就像我在那間宅邸感覺到的一樣，是非常厲害的寶物！」

「……城堡裡面有很厲害的寶物是理所當然的吧……所以呢？」

「嗯，我記得，你有一招叫千里眼的夜視技能對吧！而且，還有我教你的潛伏和感應敵人技能！你就用那些技能，和我一起潛入……」

「別想叫我幫忙妳幹壞事！在阿爾達普的宅邸撞見妳的時候我就有不祥的預感了，我怎麼可能幫妳這種忙啊！」

「別這麼說嘛，先聽到最後啦！要是沒辦法回收這個神器，事情會變得非常嚴重！」

「那種聽起來就很重要的事情別拜託我吧，去拜託更像勇者的人好嗎！對了，這個城鎮裡有個叫御劍的傢伙！妳只要稍微說些『下落不明的神器要是遭到濫用，後果將會變得非常嚴重……』之類的話來煽動那個傢伙，他肯定會幫你！」

「你這個薄情寡義的傢伙！人家就是希望你可以幫忙嘛！算了，我去叫醒達克妮絲請她幫忙！」

「喂，妳給我站住！達克妮絲也是貴族喔，要是克莉絲的真面目被貴族們發現了，那傢伙的立場會變得岌岌可危啊！」

「可是、可是……！」

「好了，妳快走吧，回去回去！要是妳不走的話，我就用昨天晚上中了妳的技能之後剛學會的『Bind』把妳綁起來性騷擾喔！昨天都是那招把我害得慘兮兮的！」

「等一下！我、我明白了，今天我先撤退就是了！明天我再來找你商量！」

「我不是叫妳不准再來了嗎！『Bi……』」

「今、今天我就先饒過你了——！」

快要哭出來的克莉絲推開窗戶跳了下去，消失在清晨時分已經逐漸變亮的城鎮之中。

真是的，別再給我找麻煩了好嗎。

說真的，我的運氣到底哪裡好了？

掌管幸運的艾莉絲女神啊，回到阿克塞爾之後，就算要我加入艾莉絲教也行，請賜予我平穩吧。

我一面這樣祈禱，一面鑽進棉被裡面……

——於是，警報就像是算準了這一刻的地響了起來。

第四章 讓溫室的王女誤交損友！

1

『魔王軍襲擊警報、魔王軍襲擊警報！現在，疑似魔王軍的集團開始出現在王都附近的平原上！騎士團請準備出擊。這次的魔王軍規模十分龐大，王都內的各位冒險者也請參戰！高等級的冒險者們，請立刻到王城前集合！』

廣播聲響徹清晨的王都。

同時，原本安靜的旅店也吵鬧了起來。

「和真，你醒著嗎？你聽到剛才的廣播了吧?立刻準備好裝備！」

達克妮絲慌張地如此大喊，同時敲打著我的房門。

「我睡著了。」

「笨蛋，現在可不是胡鬧的時候！魔王軍出現了，我們也得趕快參戰才行！」

我從棉被裡探出頭，對著被用力敲打的門扉大喊：

「我看妳才是來鬧的吧！妳有沒有好好聽清楚廣播啊，廣播說的是『高等級的冒險者們，請立刻到王城前集合』耶。我的等級才十七而已，頂多只能算是中等級冒險者吧。再說，以御劍為首，王都這裡有一大堆高強的冒險者喔！沒有我們也可以輕鬆應付啦。」

「你、你這個傢伙！算了，我帶阿克婭和惠惠去參戰！低等冒險者就給我蓋著棉被縮在裡面發抖吧！」

剛才還在敲我的門的達克妮絲發出巨大的腳步聲離開了。

不久之後……

「不要——！為什麼我非得去那麼危險的地方才行啊！我是來王都玩的耶！為什麼還得參加戰鬥對付魔王軍啊，我絕對不要——！」

「阿克婭，別耍任性了！與魔王軍交戰的時候，最缺的就是會用恢復魔法的人了！而且妳看看人家惠惠！她是這麼幹勁十足……！」

「達克妮絲，我就不去王城了，我先到魔王軍那邊！要是戰鬥開始了，敵我都混在一起之後就不能用我的魔法了！就由我率先開轟吧！看我用經過強化的魔法將敵人一網打盡！」

「等一下，惠惠，妳不要衝動啊！阿克婭也該死心了吧，乖乖把手從床架上放開！妳們真是夠了，拜託，和真，快點想想辦法！」

她們要吵到什麼時候啊！

而且回去阿克塞爾之後我根本就不用為錢而煩惱了。

我實在沒必要自己跑去參加這種沒有任何好處的戰鬥，以身犯險……

「……！」

我踢開棉被跳了起來。

參加這場戰鬥可以得到的報酬，對我來說確實沒有吸引力。

不過，要是能在戰鬥中大放異彩，留下功績的話……？

沒錯，雖然我沒能成功抓到義賊，但只要建立更優異的功績……！

而且，我聽說以御劍為首，王都裡有許多開外掛的冒險者。

既然如此，這場戰鬥應該沒那麼容易輸，只要我在戰鬥中刷夠存在感，或許可以得到王城的守護神之類的定位，有機會再次回到城裡。

我也不需要對魔王軍開無雙。

只要到處跑來跑去，表現得引人注目就可以了。

「別這樣啦，達克妮絲，我有種不祥的預感！這是女神的直覺！冰淇淋剛買就掉到地上的時候，還有在店門前努力收集的抽獎券全都槓龜的時候，我都有過這種感覺！我覺得一定會發生什麼事情！所以拜託妳，我把早餐的小香腸分妳一根就是了，這件事明天再說吧！」

「達克妮絲，快放開我！『抵達戰場的王國軍看見的，只有魔王軍遭到殲滅的慘狀，以及正要悠然離去的魔法師……』，我很想實際試一次這樣的場景！現在正是最好的機會，妳就讓我去吧！」

「和真！我沒辦法了，快想辦法處理她們兩個！」

這時，全副武裝的打開門，對著依然在大吵大鬧的她們三個說：

「妳們幾個在國家面臨危機的時候搞什麼東西啊。好了，我們走吧！現在正是我們上場的時候！」

「「「…………」」」

——我們抵達的時候，王城前面已經充滿著隊伍整齊劃一的重裝備騎士團，以及眾多的冒險者了。

「冒險者請來這邊集合！公會這邊對各位沒有特別的指示！各位沒有受過集體軍事訓練，所以請和騎士團分開行動，各位可以自由自在的戰鬥！參加戰鬥前，將由公會檢查各位的冒險者卡片。戰鬥後將根據卡片上記載的怪物討伐數發給特別報酬，請各位加油！」

一名看似王都公會職員的人，拿著類似擴音器的魔道具如此指示。

我們也到指定的地點集合之後，一名職員便要求我們拿出冒險者卡片。

職員看了我的冒險者卡片之後，皺起眉頭，露出一臉傷腦筋的表情，帶著歉意對我說：

「佐藤和真先生……是吧？不好意思，因為過於危險，只要不是上級職業，等級在三十以下的人都不能參加這次任務。可以的話，請您協助城鎮的警備工作……」

「無所謂。那個男人是建立了許多功績的實力派冒險者。」

如此打斷了職員的發言的，是不知不覺間來到我們身邊的克萊兒。

或許是為了激勵騎士團和冒險者們，以克萊兒為首的貴族們也都聚集在王城前。

而且，在場的貴族們看著我的眼神都充滿了期待。

雖然沒能成功逮捕義賊，他們好像還是很期待我一路擊退魔王軍幹部的實力。

這時，王城的陽台上出現了一個俯視著我們的人影。

仔細一看，那是定睛注視著我，眼睛裡閃著期待的愛麗絲。

這樣我無論如何都會興奮起來啊。

包在我身上，哥哥會加油的！

……這時，有人在一旁拉了拉我的衣袖。

「和真先生、和真先生，聰明的我學乖了。參加這次戰鬥，最後一定沒有好下場。比方說哪個腦袋有問題的女生用爆裂魔法的時候波及到我們，或是某個腦袋也長肌肉的女生聚集了一堆怪物波及到我們之類。吶，現在離開也不晚，我們回阿克塞爾去好不好？」

「會學乖的不只阿克婭，我也有學習能力的好嗎，我才不會做出那種事情來呢！」

「嗚、喂，阿克婭，別再說我腦袋長肌肉了好嗎。再叫下去，感覺我們四個裡面最笨的好像真的是我一樣……」

面對不安的阿克婭，我露出無所畏懼的笑容說：

「沒什麼好怕的啦，對手都是些靠數量取勝小嘍囉。我也差不多該拿出真本事來了！」

「「「「喔喔——！」」」」

聽我斬釘截鐵地如此宣言，附近的貴族們的眼中也都充滿了期待的光芒。

然後，克萊兒對著聚集至此的騎士團及冒險者們高聲發號施令：

「——魔王軍討伐隊，出發吧！」

2

「……妳好，好久不見了，艾莉絲女神。」

「…………………」

回過神來的時候，我已經站在熟悉的神殿正中央了。

這是我第幾次死掉了啊？

被冬將軍殺死、從樹上掉下去摔死。

然後……

「不好意思。沒想到都練到這個等級了，還會被狗頭人宰掉……」

我被一大群狗頭人圍毆，然後就這樣死了。

狗頭人。

沒錯，就是狗頭人。

被歸類為高ＣＰ值的那一邊，在這個世界也是小嘍囉代名詞的怪物把我給宰了。

我對著一直在我眼前不發一語的艾莉絲說：

「不是啦，艾莉絲女神。狀況一直到途中都還很不錯。阿克婭對我用了支援魔法，達克妮絲又在前面罩我。凶惡的怪物都有其他冒險者率先殺掉，我就想說，這樣的話，我以數量來取勝好了。」

「………………」

沒錯，一直到途中都還很不錯。

我躲在達克妮絲背後一直射箭，不斷創下戰果。

終於，戰況演變為敵我交錯的混戰，阿克婭被狗頭人咬到哭了出來，於是我去救她——

「我想說區區狗頭人我已經不放在眼裡了，我也有所成長了，所以一直追著牠們……」

得意忘形的我到處追趕顯得特別弱的狗頭人，不知不覺間已經追到敵陣深處，等我察覺到的時候已經被一大群狗頭人包圍，遭到反擊。

怎麼辦，現在要是她們讓我復活的話肯定非常丟臉。

戰鬥前還一臉跩樣地做出勝利宣言，卻被狗頭人圍毆到死，簡直丟臉到讓人笑不出來。

艾莉絲從剛才開始就不肯開口，或許也是因為覺得非常傻眼吧。

「不、不好意思，艾莉絲女神？我是因為粗心大意才會死得那麼窩囊，我已經在反省了，所以可以請妳不要生氣了嗎？」

我提心吊膽地這麼問，艾莉絲便紅著臉……

「……不可以性騷擾喔。」

然後半閉著眼盯著我看，同時這麼說。

我的背上流過一道汗。

這麼說來，艾莉絲看得到世間的狀況呢。

不久之前，我才剛對那個篤信艾莉絲教的盜賊女孩嚴重性騷擾。

看來，艾莉絲是因為自己的寶貝信徒遭到玩弄而感到相當生氣的樣子。

「不是啦，妳聽我說，艾莉絲女神，那是沒有辦法的事情啊。我第一次要抓那個傢伙的時候看到胸部那麼扁，就以為是男的……沒有啦，不好意思，對不起，我不會再狡辯了！」

眼見艾莉絲的心情顯然變得越來越糟，我跪地道歉，並且順勢低下頭。

「真是的……你也太常性騷擾了。我只原諒你這一次喔。」

艾莉絲嘆了口氣，一臉傷腦筋地抓了抓臉頰。

「謝謝妳，艾莉絲女神！哎呀——我還在想說要是貴重的王道女主角型的艾莉絲女神討厭我該怎麼辦呢。」

「又這樣油嘴滑舌……最近你不是多了一個妹妹，挺心滿意足的嗎？」

還真是什麼都看在眼裡啊，艾莉絲女神。

就在我不知該怎麼回答的時候，艾莉絲咯咯嬌笑道：

「我還是別繼續作弄你了。而且，我還有事情想拜託你。」

「……拜託我？」

艾莉絲點了點頭：

「昨天晚上和真先生性騷擾的那位我的信徒，應該已經告訴你不少內情了吧？就是阿克婭前輩賜予的神器流落在外那件事。」

「對喔，經妳這麼一說，她確實提過。可是，我記得神器會選擇持有者不是嗎？我拿到那把外掛魔劍的時候，原本想留下來自己用的，可是有人告訴我持有者以外的人拿去用的話，只是和普通的劍沒兩樣。」

沒錯，很久以前我偷走御劍的魔劍時，我原本想留下來自己用的，卻得到這樣的資訊。

「這樣說明也不算錯……不過，其實應該說，只有受賜予者能夠發揮神器原本的力量。任何東西都能夠劈裂的強力魔劍變成普通的劍。能夠引發無限魔力的魔法手杖，變成加快魔力恢復的法杖。如果是其他神器的話，就像這樣，即使遭到濫用也不會太過嚴重，但……」

根據艾莉絲接下來的說明，下落成謎的那兩個神器，即使無法發揮原本的力量，對世界也會造成相當大的影響。

首先，能夠隨機召喚怪物並使喚之，而且不需要支付報酬或代價的神器，在召喚出怪物之後想隨意控制時會變成需要報酬或代價。

另外一個能夠和別人交換身體的神器，效果會從永久交換，變成有時間限制的交換。

兩個神器在使用的時候都必須高喊關鍵字，即使流落在外，想使用也沒有那麼簡單。

但是，事情總是有個萬一。

要是有人偶然喊出關鍵字，在鎮上召喚出怪物的話就糟糕了。

正在帶狗散步的人如果碰巧彼此換了身體，就成了新品種的狗頭人了。

「回收了神器之後，交給阿克婭前輩，她就會幫忙封印了。這個工作無法賺取報酬，也無法贏得名聲。除了值得信賴的人以外，也不能告訴任何人有關神器的事情。即使能力會弱化，但要是知道持有者以外的人也能夠使用神器，或許會有些人對轉生者們不利。」

一臉認真的艾莉絲雙手握住我的手說：

「能不能請你幫忙回收神器呢？」

3

——我睜開眼睛，看見的是笑容滿面的阿克婭看著我的臉。

「被狗頭人殺掉的和真先生，歡迎回來！」

超想扁她的！

「妳這傢伙對剛活過來的人說的第一句話居然是這個！多學學艾莉絲的女神風範啊！」

我怒罵阿克婭的同時看了一下四周，戰鬥已經結束了。

「……吶，雖然好像不應該對讓我活過來的人說這種話，不過妳就不能早點讓我復活嗎？比方說在我還有機會扳回顏面的時候。」

「為什麼我得讓會被狗頭人殺掉的人在戰鬥中復活啊？要是讓你復活之後馬上又被殺掉，那多麻煩啊。」

三兩下就被殺掉的人被這樣講也沒辦法反駁。

「……吶，我問妳，妳身上好像有點酒臭味吧？難不成妳在戰鬥中偷懶跑去喝酒嗎？」

「才不是呢。這是因為我的表現非常活躍，為了慶祝戰勝，大家進貢了一堆酒給我。在和真死掉的這段期間內，大家的表現都很厲害喔！真想讓你看看我的淨化魔法和恢復魔法大放異彩的場面。」

……原來如此。

所以附近的人才會對阿克婭投以充滿尊敬和崇拜的視線啊。

「吶，我還有最後一個問題……為什麼我身上綁了這種重物啊？」

「那個喔，是因為達克妮絲說，要是和真的屍體在戰鬥中遭到波及而破損的話就不好了，叫我搬到不會礙事的角落去。可是，我把和真搬到角落去之後，有怪物打算把和真叼走，所以……」

「閉嘴，我不想再聽下去了！我知道了啦，妳是為了不讓我被叼走才綁了重物在我身上對吧！還真是謝謝妳喔！可是我從之前就這麼覺得了，妳在處置屍體的時候就不能更用心一點嗎！」

掌握狀況之後，我再次環顧四周。

魔王軍發動的這次襲擊，規模似乎還不小。

我一個門外漢以目視粗略估算也抓不準正確的數量，不過大家打倒的怪物隨便也有超過一千隻吧。

儘管如此，我卻沒看到傷勢太嚴重的傷患，就連死者也沒有。

「阿克婭小姐，復活辛苦了！來來，請到這邊來！」

「哇，真不愧是大祭司，真是法力非凡啊！沒想到妳連復活魔法都會用……！」

「托妳的福，這一帶都沒有傷患了！阿克婭小姐，真是太感謝妳了！」

幾名騎士來到剛讓我復活的阿克婭身邊，如此慰勞她。

原來如此，傷患全都被阿克婭治好了是吧。

從平常那副窩囊的德性，還真想不到她今天會這麼活躍。

「和真，你活過來了啊！還好嗎，有沒有哪裡不舒服？」

臉上和鎧甲上沾滿了煤灰的達克妮絲帶著幾名騎士來到我這邊。

從鎧甲上那些凹痕看來，這個傢伙應該也很努力吧。

「達斯堤尼斯大人！您剛才的表現真是太傑出了！」

「沒錯，所言甚是！看見達斯堤尼斯爵士一臉不以為意地承受迎面而來的魔法，同時還衝進魔王軍中間的那副模樣，真是令我內心大受感動！」

「魔王軍的指揮官看見您的時候那副目瞪口呆的表情，我大概好一陣子忘不掉了！」

「多虧達斯堤尼斯大人憑一己之身吸引了敵人的攻擊，我方並未出現重傷患，幫了我們大忙呢！」

騎士們以崇拜的眼神看著達克妮絲，對她讚不絕口。

原來如此。如此大規模的戰鬥，達克妮絲的誘敵技能「Decoy」想必相當管用吧。

畢竟，達克妮絲雖然攻擊砍不到敵人，防禦方面卻是阿克塞爾第一。

看不到這個傢伙難得活躍的模樣，讓我有這麼一點不甘心。

這麼說來，惠惠上哪去了？

……就在我一邊這麼想，一邊尋找惠惠的身影時，就看見她躺在擔架上，被當成易碎物品似的讓人小心翼翼地搬運著。

為擔架開路的騎士們驅趕著因為好奇而跑過去湊熱鬧的冒險者們。

「讓開，這次戰鬥的MVP要過，讓一條路出來！」

「惠惠小姐已經累壞了，讓開讓開，你們想被爆裂魔法轟成粉碎嗎！」

「阿克塞爾首屈一指的魔法高手，將一切化為灰燼者，惠惠小姐駕到！還不快點把路讓開！」

……那是怎樣？

仔細一看，遠方有個巨大的隕石坑。

「一開始陷入混戰，所以惠惠還因為無法使用魔法而焦躁不已，結果魔王軍漸漸屈居劣勢，就開始撤退了。然後，敵方的指揮官在最後還說：『這次的戰鬥只不過是前哨戰。我將在不久之後率領比這次多好幾倍的大軍，將這個王都化為灰燼！』之類的，放完話正要逃走的時候……」

在阿克婭這麼說明的時候，我的視線依然跟著惠惠。

「哎呀——話說回來，惠惠小姐的攻擊真是讓人痛快極了！」

「就是說啊！那個指揮官從以前就一直讓我覺得非常煩躁！那個混帳，每次有危險的時候就放話然後逃走。」

「話說回來，那個時候的惠惠小姐真是太棒了！對著準備撤退的魔王軍中央施展魔法，還說『吾乃惠惠！身為阿克塞爾首屈一指的魔法師，擅使爆裂魔法！……會化為灰燼的是你們……！』這樣呢！」

「是啊，真的是痛快到了極點！沒想到惠惠小姐會使盡所有的魔力，施展那種大招！」

躺在被當成神轎一樣的擔架上，惠惠似乎頗為滿意這種待遇。

「這樣啊，這樣啊！這也沒什麼啦，碰上我的奧義，那種程度的小嘍囉怎麼可能承受得了呢。畢竟，吾之爆裂魔法足以葬送魔王軍幹部，甚至破壞了已經成為傳說的懸賞對象——毀滅者呢！」

躺在擔架上被抬著走的惠惠簡直得意忘形到飛上了天。

「妳說那個毀滅者已經遭到破壞了，是真的嗎！」

「多麼偉大的大魔法師啊！惠惠小姐，能讓我們見識一下爆裂魔法以外的魔法嗎？」

「喔喔，我也很想見識一下呢！惠惠小姐的上級魔法蘊藏著多麼強大的破壞力，我也非常想知道！」

「……這樣啊。我也非常想讓各位見識一下，但是我現在已經耗盡魔力了。所以，真的非常遺憾……」

「當然，明天再來就可以了，惠惠小姐！」

「啊啊，好期待明天早上來臨啊！」

「我去把這件事告訴其他人！」

「這、這樣啊……可是，就是……我明天說不定會有事情要忙……啊，和真！太好了，你復活啦！剛復活的時候應該有諸多不便吧，我知道了，明天就由我來照顧和真身邊的大小事情好了……！」

……太過得意忘形的惠惠好像碰上了什麼麻煩，不過似乎很有趣，我還是先不要理她好了。

4

「騎士團和冒險者們凱旋歸來了——！」

在某個人的吶喊聲帶動之下，王都響起了熱烈歡呼。

前往王城報告的我們，受到居民們不停的讚揚。

有人對著我們深深一鞠躬，有人高舉拳頭歡欣鼓舞。

看著眾人，騎士和冒險者們帶著自豪的表情前往王城。

不久之後，我們抵達王城時，愛麗絲和克萊兒已經帶領著喜上眉梢的貴族們，等待著我們的到來。

依然穿著一身白套裝的克萊兒站上前說道：

「騎士團，以及各位冒險者！這次辛苦了！在各位的活躍之下，王都這次依舊安然無恙。愛麗絲殿下表示，謹代表這個國家對各位致上最深的謝意……各位儘管期待報酬吧！」

聽她這麼說，冒險者們放聲歡呼。

「此外！為了慰勞各位，目前正在準備宴席。剛結束戰鬥，各位也都累了吧。各位可以回去休息到傍晚再來城裡。到時候，也將發給特別活躍的人特別報酬！以上，這次真的辛苦各位了！」

歡呼聲也到達最高潮，興奮到了極點的冒險者們帶著滿面的欣喜之情各自散開，打發到傍晚之前的這段時間。

「達斯堤尼斯爵士，請到城裡來，告訴我們戰鬥的詳情吧……！」

「我都聽說了，您在戰鬥中大放異彩……！」

「沒錯，請務必讓我們知道達斯堤尼斯大人的活躍表現！」

貴族們不一會兒就包圍住達克妮絲，將她帶進城裡去了。

被帶走的時候她還對我投以求救的眼神，但是身為一個被狗頭人殺掉的男人實在太丟臉了，我不想吸引任何注意。

「和真，在宴會開始之前，我想去找那些我治好的傷患，問他們要不要加入阿克西斯教團。難得我都把他們治好了，當然要討點恩情才行。」

「治療之後不用討恩情人家也會感謝妳啦，就是因為妳每次都這樣搞，信徒才完全不會變多吧？」

阿克婭沒有把我的話聽進去，跑去找那些騎士了。

我目送她離開之後，聽見身後傳來一個聲音。

「啊，在這裡把我放下來就可以了。我可以請同伴幫忙背我。」

聽惠惠這麼說，那些把擔架當成神轎一樣扛的騎士們便輕輕將擔架放到地上。

惠惠被放了下來之後對我招了招手，示意要我過去。

我又不是專門負責背她的人。

「妳這個傢伙是怎樣，不是說要照顧剛復活的我嗎？」

「明天開始我就會細心照顧你了，所以今天就先原諒我吧。和真，我們明天就回阿克塞爾去吧，最好是一大早就回去。」

被我背起來的惠惠以熟練的動作將手放到我的脖子前面，同時這麼說。

這時，愛麗絲帶著天真無邪的笑容跑到我們身邊來。

「你沒事就好，兄長大人！歡迎回來！」

「兄長大人！」

「喔，是愛麗絲啊。不，我也不算沒事就是了。因為我死了一次，現在又活了過來。」

愛麗絲聽見我這麼說，一臉驚訝地停下腳步：

「死了一次！兄長大人，你還好嗎？快進城裡休息到宴會開始吧，兄長大人用過的房間還維持著原樣沒有動過！」

「又叫了一次兄長大人！」

「謝謝妳。不過，妳不用太擔心啦，幫我復活的人都把我弄到完好無缺了。」

我背上的惠惠從剛才開始就不斷在我耳邊大吼大叫。

不知為何，她聽見「兄長大人」這四個字就特別激動。

「那就好了……對了，兄長大人，你得到的戰果足以讓你留在城裡嗎？」

表情瞬間開朗起來的愛麗絲，帶著期待這麼問我。

「這、這個嘛……其實呢，是我一時大意啦，這次的狀況不太好，沒能得到什麼像樣的戰果……」

「這樣啊……可是，你能夠像這樣平安回來就夠了！而且，即使沒能建立功績，你為了王國而戰也是事實，我還是再試著拜託克萊兒，看看能不能讓兄長大人繼續住在這座城裡好了！」

「…………」

「謝謝妳，愛麗絲。不過，這次我真的死得很丟臉，大概不太可能吧……總之，晚上再見吧。」

聽我這麼說，愛麗絲露出落寞的表情。

「……才多久沒見到你，你就讓那個叫做愛麗絲的女孩變得這麼喜歡你了啊。」

在愛麗絲跟著克萊兒回到城裡之後，我背上的惠惠對我這麼說。

「對吧？我終於有一直很想要的妹妹了。我搞不好比較喜歡年紀比我小的呢。」

「……不然，回到鎮上之後，我也叫你哥哥好了。」

「妳是重要的蘿莉角色耶，我還是想要蘿莉角色以外的妹妹。」

「喂，你可以不要再把我當成蘿莉路線了嗎！」

帶著在我背上依然能夠靈巧地勒住我的脖子的惠惠，我們前往我的房間。

5

走進我之前住的那個房間之後，我把惠惠放到沙發上，她便東張西望，觀察著房間。

「喔喔，這個房間相當不錯呢。在女僕和執事的照顧之下，無所事事地住在這個房間裡面。我好像知道你為什麼會說不想回去了。」

「對吧？東西又好吃，又有人討你歡心，要是惠惠在這裡住下來，也會不想回家啦……唉，結果我依舊沒能得到什麼了不起的戰果，看來明天還是只能回去了……」

說著，我卸下裝備，在床上坐下。

我坐在床上晃盪著腳丫子時，魔力尚未充分恢復的惠惠儘管顯得相當疲倦，仍然開口：

「……可是，對我來說，回去比較好。像這樣在王都大放異彩固然爽快……但我還是最喜歡大家一起出任務、不時鬥嘴、擾攘不已的阿克塞爾生活。明天開始，我們又可以四個人一起生活了呢。」

說著，她露出發自內心的開心微笑……

「對啊，說、說的也是。反正我也不是真的那麼想留在這座城堡裡啦！」

對於惠惠的那種反應，不知為何感覺到莫名緊張的我，不安分地晃盪著腳丫子，試圖藉此蒙混過去。

「真的嗎？我看你嘴上雖然這麼說，但是其實對那個愛麗絲也不是那麼沒興趣吧？」

或許是覺得我的反應很好玩吧，惠惠如此調侃我。

她在說什麼啊，我完全只把愛麗絲當成妹妹在看待啊……

沒錯，我只是覺得沒辦法不管那個女孩而已。

該怎麼說呢，就像是和芸芸不同類型的孤單女孩吧……

就在這個時候——

「兄長大人，可以打擾一下嗎……」

我們正在討論的愛麗絲，就在門外這麼說。

「——真是非常抱歉，我去拜託過克萊兒，看能不能讓兄長大人留在城裡，但是……」

在惠惠身邊坐下的愛麗絲失望地這麼說。

「這也是沒辦法的事情。是我力有未逮，我才覺得不好意思呢。」

「兄長大人不需要道歉。如同字面上的意義，你可是前去拚死一戰才回來的呢……」

說著，愛麗絲忍住淚水，注視著我。

看她認真成這樣，我也不好意思說自己是太得意忘形而深入敵陣，所以被一大群狗頭人圍毆致死，只好保持沉默，同樣注視著愛麗絲。

然後，我們就這樣默默凝視著彼此。

「……你們兩個是不是忘記我的存在了？」

「沒有啊！我、我才沒有忘記呢！」

「愛麗絲說的沒錯，我們可沒有忘記惠惠！我又不是蘿莉控，不要用那種懷疑的眼神看我！愛麗絲對我來說和妹妹沒兩樣，我們才不會搞什麼曖昧呢！怎……怎樣啦愛麗絲，別用那種傷心的眼神看我好嗎，這樣會加深惠惠的誤會，而且也會害我會錯意啦！」

沒有多加理會驚慌失措的我，惠惠像是察覺到了什麼似地說：

「……哎呀，不愧是公主殿下，妳身上戴了一個很厲害的魔道具呢。我從那上頭感應到的魔力，多到一般魔道具都比不上。那條項鍊，該不會是神器級的魔道具吧？看起來感覺不像是紅魔之里打造出來的東西，不知道是打哪來的呢。」

她感興趣的是愛麗絲戴在身上的項鍊。

愛麗絲的胸前，垂著一條樣式簡單的項鍊，和其他首飾的品味截然不同。

「這個嗎？這好像是獻給我真正的兄長大人的項鍊……由於兄長大人現在出外遠征了，所以由代表王族的我代替他保管。」

看著那條項鍊，惠惠的眼睛閃閃發亮，傾身向前問道：

「所以呢，那個魔道具有怎樣的力量？從那非同小可的魔力看來，想必具備著非常強大的力量吧！強烈到足以毀滅世界的力量！」

那完全是妳自己的興趣吧。

「不，這個嘛……其實，這個魔道具的使用方式還沒解開。據說，只要唸出特定的關鍵字，或許就可以發動魔道具的力量……原則上，這上面是刻著疑似關鍵字的文字，但王城裡的學者試著調查過了，卻還是解讀不出來……」

愛麗絲將帶在身上的項鍊直接翻過來給我們看。

上面確實刻了文字……

「怪了？那不是日語嗎。『你的東西就是我的東西，我的東西就是你的東西。變成你吧——！』……是誰決定用這種關鍵字的，瞧不起人啊。」

應該說，這麼隨便的關鍵字……

最可疑的就是那個把神器交給日本人的傢伙了吧。

「咦？和、和真，公主殿下的項鍊開始發光了耶？」

「兄、兄長大人！這個狀況，是不是魔道具的力量發動了啊……？」

「咦？等、等一下，丟掉那個東西！愛麗絲，馬上拿下那條項鍊，從窗戶丟出去！」

我連忙想把項鍊從愛麗絲的脖子上扯下來，但就在項鍊中央閃閃發亮的寶石發出閃光的時候……！

「……奇怪？什麼事情都沒有發生耶。」

聽惠惠這麼說，我不禁睜開閉上的眼睛。

然後，我看見眼前有個我。

那個我擺著朝這邊伸出手的姿勢，一臉驚愕地注視著我。

「你們到底要凝視彼此到什麼時候啊。剛才也是這樣，你們不要動不動就忘記我的存在好嗎。」

儘管發生了這種異常事態，惠惠卻是一臉傻眼地嘆了口氣……

「不，惠惠，現在發生了非常不得了的事情吧！」

「妳、妳幹嘛突然這樣叫我啊，沒事突然就直呼我的名字也太隨便了吧，公主殿下。我

的年紀比妳大，所以妳如果要叫和真兄長大人的話，也應該叫我『惠惠姊姊』，或者是『姊姊大人』才對吧……而且妳剛才那種說話方式也不太好喔！那個叫克萊兒的人說，要是讓妳跟和真繼續處在一起的話會受到不好的影響，不過看來已經太遲了呢。」

不知為何，惠惠用看著美中不足的孩子的視線看向我……

這時，眼前的我怯生生地舉起手說：

「不、不好意思……我才是愛麗絲……」

在場的所有人都陷入一片沉默。

「……我我我我、我現在變成愛麗絲了嗎？簡單的說就是這樣對吧？啊啊啊啊啊！真的耶————！是洋裝！我穿著輕飄飄的洋裝！這是怎樣，感覺好像醒過來之後發現有人擅自把我打扮成女生，好新奇啊！」

「兄長大人？兄長大人在我的身體裡面嗎？兄長大人，請別做出那麼不端莊的舉動！」

「可是可是，愛麗絲妳這樣穿在很多方面都不太好吧！裙裝超不妙的，下半身超空虛的！女生好厲害喔，妳們可以在這種毫無防備的狀態下大步走在大庭廣眾之前嗎！」

我拉著洋裝的裙襬搧啊搧的，這時我……不，是有著我的外貌的愛麗絲哭著抓住我說：

「兄長大人，別這樣！別再更進一步了，快住手！」

「妳才該住手！我大概知道現在是什麼狀況了，可是以妳現在的模樣抓住掀起裙襬甩來甩去的和真，這個畫面根本不能看！」

這時，突然有人敲了房門。

「愛麗絲殿下！我從剛才就一直聽到尖叫聲，您還好嗎？」

傳進來的是克萊兒的聲音。

看來她身為愛麗絲的護衛，正在房間外面待命。

我緊緊貼在門前面，避免門被打開，同時說：

「克、克萊兒，我沒有怎樣！只是和兄長大人聊著聊著，有點太過興奮罷了！」

「這、這樣啊？如果只是這樣的話就好，不過您還是別和那個男人聊太久了，小心又被他灌輸一些不好的事情。」

「我、我沒事的，請妳繼續守在外面！」

朝門外這麼表示之後，我對於穿著洋裝學女生說話的自己產生了一種莫名的新感受，就這樣貼著門一點一點向下滑，癱坐在地上。

——我們三個在房間中央坐成一圈，思考著發生在我們身上的事情。

「好了，接下來到底該怎麼辦呢？我個人是覺得從今以後一直以美少女的身分活下去也不賴，但是對於從出生到現在就一直跟我在一起的身體也很難割捨。這下子到底該怎麼變回原狀呢？」

「你剛才輕描淡寫地說了非常不得了的事情喔。而且，你們兩個都不覺得奇怪嗎？有沒有哪裡會痛，或是感覺不舒服之類？」

「我是不覺得任何地方特別奇怪。硬是要說的話，就是……男生的身體好大、好有力氣喔。好想就這樣跑出去冒險喔。」

「公主殿下，不好意思，可以請妳不要用那張臉那樣說話嗎……」

惠惠看著愛麗絲，一臉快要哭出來的樣子。

「不過，這下傷腦筋了。試著再唸一次剛才的關鍵字也只是讓項鍊發光而已，沒辦法再次交換身體，這樣真的很傷腦筋……」

我們又試了一次項鍊的力量，卻無法再次交換身體。

「是不是有解除交換的關鍵字呢。不過竟然能夠交換身體，這條項鍊真是太厲害了。我從來沒聽說過有如此強力的魔道具。」

聽惠惠這麼說，愛麗絲顯得相當消沉。

「這下該怎麼辦呢……我們會不會就這樣維持現狀，無法復原了？我得就此以冒險者的身分活下去嗎……被趕出城外，變成自由奔放的冒險者……找到值得信賴的同伴，接連打倒擋在前方的怪物，旅行到未曾見過的城鎮去……！兄長大人，怎麼辦！要是就這樣無法復原的話，我好像也不是那麼排斥！」

「公主殿下，請妳冷靜一點！妳剛才說的話滿愚蠢的喔！」

一下子消沉、一下子突然臉色一亮，一刻也不得閒的愛麗絲固然那麼說，但是再怎麼樣我們也不能維持現狀吧。

要是這個魔道具的力量屬於詛咒一類的東西的話，拜託阿克婭搞不好就可以解決……

……等等，說到阿克婭我就想起來了。

沒錯，這個能夠交換身體的魔道具，就是阿克婭交給日本人的……！

「放心吧，我知道這個魔道具是什麼來頭了！這是某個神器。除了獲賜的持有者以外的人使用這個神器的話，能夠維持交換狀態的時間會有限制。我不知道時間有多長，但應該不會一直維持下去才對。」

聽我這麼說，惠惠鬆了口氣。

不知為何，愛麗絲的表情倒是有點微妙。

「所以只要這樣乖乖等下去就會復原了。要是可以在晚上的戰勝派對之前恢復就好了啊……」

說著，我移動到床上，想說就這樣睡到派對開始的時間算了。

「兄、兄長大人！那個……我有件事想拜託你！」

就在這個時候，愛麗絲跪坐在地板上，一臉認真地對我這麼說。

用我的身體跪坐，總覺得有種自己被霸凌的感覺，老實說我很想叫她別這樣。

「怎、怎麼了？……哦～～我知道了，愛麗絲也正值青春期嘛，是不是對男生的身體產生興趣了啊？喂、喂，不可以玩弄我的身體啦，這樣不行喔。」

「我、我才不會做那種事情呢！兄長大人才是，不可以對我的身體惡作劇喔！是……是這樣的……我很想不帶家臣，自己到城外去看看，哪怕只有一次也好……」

愛麗絲戰戰兢兢地一邊觀察我一邊這麼說，像是怕被罵的小孩似的。

平常隨時都有家臣跟在身邊，明明是在這個城鎮出生長大，她卻沒有好好逛過這裡吧。

即使有辦法出去逛逛，帶著一大堆護衛大概也沒辦法進店裡看到心滿意足。

但是，變成現在這樣就可以大大方方在外面走動了。

……不過，讓沒見過世面的愛麗絲一個人上街好嗎？

正當我不知該如何回答的時候，原本一直保持沉默的惠惠嘆了口氣說：

「真拿你們沒辦法。總不能讓變成這副模樣的和真跟著去吧，只好由我一起去了。放心吧，我不會像妳那些家臣一樣囉嗦啦。就算妳想找看不慣的傢伙打架，我也只會在一旁看著而已。」

「那種時候妳應該阻止她才對吧，不然跟去是為了什麼啊！」

愛麗絲興高采烈地站了起來：

「那我們走吧，姊姊大人！」

「那、那個……我剛才是叫妳叫我姊姊大人沒錯，不過還是麻煩妳叫我惠惠就好……」

……叫這個傢伙當護衛真的沒問題吧？

「惠惠小姐，麻煩妳照顧了！」

「包在我身上。從買東西的時候該怎麼殺價，到有人找架吵的時候該如何迎戰，本小姐什麼都可以教妳。」

真的沒問題吧！

6

我送走愛麗絲和惠惠之後，現在正帶著克萊兒在城裡走來走去。

既然他們兩個都出城去了，公主一個人留在我的房間裡也很奇怪。

我原本只是在愛麗絲她們逛到滿意回來之前隨便打發時間而已……

但當我昂首闊步的時候，大家看到我都低頭行禮。

而我也誇張地對所有人點頭回禮。

糟糕，這樣有點爽，我都快玩上癮了。

「……愛麗絲殿下，請問您在那個男人的房間裡是發生什麼事了嗎？總覺得您和不久之前不太一樣……難道，他又灌輸妳什麼不好的事情了嗎？」

走在我後面的克萊兒說了這種沒禮貌的話。

「克萊兒，不可以這樣說和真先生。他是非常了不起的人。即使留名於我國的歷史教科書也不為過喔。」

「愛麗絲殿下，他到底灌輸了妳什麼事情啊！看來，我們還是應該要收拾掉那個男人才對……」

可以不要在本人背後想那麼危險的事情嗎。

在城裡到處亂晃的時候，到處都可以看見冒險者。

他們大概是為了晚上的戰勝派對而留在城裡打發時間吧。

仔細一看，在城裡的都是在這次的戰鬥當中特別活躍的人們。

而且黑髮黑眼的人特別多，看來他們都和我一樣是日本人吧。

身為同鄉，我是有點想和他們聊聊，但是以這副模樣不太方便。

「哎呀，這不是愛麗絲殿下和克萊兒小姐嗎。」

這時，冒險者當中有個我曾經見過的人叫住我們。

看見那個冒險者，克萊兒開心地回話：

「這不是御劍大人嗎，聽說您這次同樣表現得十分傑出！每次都讓您冒險打頭陣，真的非常過意不去。」

叫住我們的冒險者是御劍。

御劍對我們露出爽朗的型男微笑，同時說：

「別客氣，那點小事算不了什麼。而且，我認為自己的使命，就是保護這個國家的人們和愛麗絲殿下。」

說著，他把手放在我的頭上，溫柔地摸了幾下。

「克萊兒，把這個亂摸我的頭的男人處死。」

「咦咦！」

「愛麗絲殿下，您從剛才開始就不太對勁，到底是怎麼了！」

反正，他一定用這招對付過很多女生，摸摸她們的頭、笑一笑，就在無意識之中攻陷了她們吧。

揮揮手趕走那個天生的泡妞高手御劍之後，我繼續在城裡探索。

我之所以在城裡到處亂晃，是有原因的。

「克萊兒，拉拉蒂娜呢？我有很多捉弄她的……不對，她在這次的戰鬥當中好像非常努力，我想好好慰勞她一下。」

「達斯堤尼斯爵士在戰鬥時中了火焰魔法，渾身沾滿了煤灰，所以目前正在入浴……」

「克萊兒，現在立刻帶我過去！我也要一起入浴，幫她洗背！」

「愛麗絲殿下！您到底是怎麼了？即使對方是達斯堤尼斯爵士，王族也不應該幫身為家臣的貴族洗背……」

「我也幫克萊兒洗背，當作是一直以來我對妳的感謝和慰勞嘛。妳不願意嗎？」

「怎麼會不願意呢，愛麗絲殿下！我們走吧，往這邊走，我們立刻過去！」

平常就對愛麗絲表現出異常的忠誠心的克萊兒，露出了有點危險的表情快步走著，一副快要按捺不住的樣子。

抵達城裡的浴場的我們走進更衣室之後，正好撞見了似乎已經洗好澡的達克妮絲。

很遺憾的，看來她已經穿好衣服了。

「是愛麗絲殿下啊，您也要在派對之前淨身嗎？」

達克妮絲一邊拿毛巾擦拭著頭髮，一邊對我面露微笑。

「不，我是想幫在戰鬥中表現優異的拉拉蒂娜洗背……可是，好像來晚了呢。真是太可惜了……」

我一邊這麼說，一邊帶著失望的表情低下頭，達克妮絲便驚慌失措了起來。

「不、不晚！我怎麼敢辜負愛麗絲殿下的一番好意呢！況且時間還很充裕，我再洗一次好了！」

說著，她連忙開始脫衣服。

「達克……！拉、拉拉蒂娜，等一下，妳像那樣毫不遮掩地在我眼前大大方方脫衣服，我還沒做好心理準備啊……！」

「愛、愛麗絲殿下，您怎麼了？臉怎麼變得這麼紅……」

衣服脫到一半的達克妮絲彎下腰來看著我，顯得相當擔心。

臉湊得這麼近，內衣褲也露出來了……不對，這個傢伙好像沒穿胸罩！

啊，對喔，她等一下在派對上要穿禮服，要是穿胸罩的話形狀會透出來！

就在我茫然盯著達克妮絲一直看的時候，克萊兒不知不覺間也脫完衣服了，圍著一條浴巾，一臉擔心地看著我……

「愛麗絲殿下，您有哪裡不舒服嗎？這麼說來，您從剛才開始就不太對勁……」

說著，她以微涼的雙手夾住我的臉頰……！

……我這才理解到一件事。

為什麼在我之前來到這個世界的轉生日本人會想要這個神器？

復原之後，愛麗絲或許會從香皂的味道之類的地方發現我洗過澡了吧，但是都已經走到這一步了，我才不管之後會怎樣呢。

日本的偉大先民們說過這麼一句話。

明天的事情，明天再想。

幸運女神艾莉絲。這次，我真的要深深感謝自己的運勢之強……

在兩位半裸美女的包圍之下，我如此禱告完，便將手伸向自己的衣服……

就在這個時候，我的意識忽然變得模糊——

「——很有種嘛，你這個小子，既然敢對大哥說出那麼囂張的話，看來應該是已經有所覺悟了吧！」

「你、你這個傢伙，居然對大哥口出惡言！你看，都是你害得大哥這麼沮喪！」

「你、你說這是什麼蠢話，誰沮喪了啊！只是因為第一次有人這樣辱罵我，我有點嚇到

罷了！」

出現在我眼前的，是三個長相凶狠的男人。

……艾莉絲女神，哪有人這樣踩剎車的啦。

7

「就是這樣，妳說的很好！那麼，接下來就是最後的耍帥台詞了！『……好了，聊天時間結束。我也沒那麼閒。你們幾個，就在這裡變成經驗值吧……！』說得出這句就及格了，接下來就是把他們揍得滿地找牙！」

呼吸急促的惠惠在我背上這麼說。

……等一下，現在是怎樣？這是什麼狀況？

我知道我已經恢復原狀了，但是愛麗絲和惠惠到底捅了什麼婁子，感覺快要打起來了！

「竟敢瞧不起我……！你欠揍啊！」

眼前這個被另外兩個人叫大哥的男子不知道到底被說了什麼，含淚揍了過來。

「唔啊！你、你這個傢伙！沒看見我現在背著一個人嗎，卑鄙小人！要打的話等我把這個傢伙放下來再說！」

「卑鄙小人？剛剛、剛才說『對付你們這種小嘍囉哪需要拿出真本事啊。這算是我讓你們的，順便同時對付你們三個好了』的不是你自己嗎！」

「你還想把大哥看得多扁啊！大哥哪裡惹到你了嗎！」

「別管這麼多了，直接揍扁他們就對了！劈頭就說我們是小流氓的是他們，好好教訓他們一頓！」

聽被揍的我這麼說，三人激動地攻了過來。

「和真，你變回來啦！用『Drain Touch』分我一點魔力，好讓我參戰吧！」

「我看根本就是妳找架吵，狀況才會搞成這樣吧！妳給我想辦法解決！」

我揉著挨揍的臉頰，含淚為惠惠灌注了魔力——！

「——果然只是小流氓。在我壓倒性的力量之下，這也是無可奈何的事情。」

「雖然是魔法師，妳好歹也是高等級的冒險者吧，居然拿出真本事揍了一般平民。」

原則上我們是打倒那三個人，贏得到了勝利沒錯，但因為開始有群眾圍觀了，我們只好離開現場，目前正在回到王城的路上。

「其實我是想讓公主殿下好好表現的，結果在緊要關頭變回來了呢。真有點可惜。」

「不，要是愛麗絲有個什麼萬一，妳是打算怎麼解決啊。別拖著柔弱的公主跟妳一起打架好嗎。」

聽我這麼說，惠惠愣了一下。

「妳在說什麼啊，王族可是很強的喔。王家的人們不但先天具有優秀的才能，再加上從小就接受保護自己的英才教育。老實說，那個公主應該比和真還要強才對喔。就算是用和真的身體，打起架來應該也能夠輕鬆取勝。」

真的假的。

「而且妳們一開始是怎麼起爭執的啊？那些長得一臉壞人樣的傢伙對妳們怎樣了嗎？」

「其實是這樣的，我和公主殿下逛過各式各樣的店家之後，在一條沒什麼人煙的小巷子裡遇見了他們。」

原來如此，然後就這樣被纏上了……

「然後，照理來說在這種狀況下看見像我這樣的女孩子的話，應該會說『你這個小子帶的女人很不錯嘛。我們會好好疼愛她的，把她留下來吧』之類的，跟我們糾纏不清才對。但是，他們只是看了我一眼，什麼都沒說，所以我就說他們很沒種，狠狠罵了他們一頓。」

「妳才是小流氓吧！幹嘛糾纏無辜的路人啊！」

怎、怎麼辦，是不是應該回去道個歉啊……

「對啦，我挑釁了他們是事實沒錯，但是先動手的還是他們。沒問題的，就算告上法院我們也能打贏官司。被嗆一下就動手的人最不應該了。」

「平常被嗆的時候最不知道要忍耐的妳沒資格這麼說吧！真是夠了，要是下次再遇到他們，一定要好好道歉……」

正當我煩惱不已的時候，我們已經回到王城了。

「雖然是發生了不少事情，但是公主殿下玩得很開心喔。她好像也是第一次吃到路邊攤的食物，吃得很高興呢。」

「嗯……如果是這樣的話，也好……吧？她會不會又被說是因為我而受到不好的影響啊……」

「……和真也對那個女孩太好了吧。比方說年紀比你小之類的，她有很多特色都和我重複，害我莫名有點不安呢。」

「妳、妳這個傢伙，居然有那個臉說自己和那位個性乖巧的高貴美少女有很多重複的地方啊。」

我一面和惠惠如此對話，一面走進城門。

等在前方的，是雙手抱胸，而且直挺挺地站著，怒不可抑的達克妮絲和克萊兒。

8

我低調窩在派對會場的角落，而小心翼翼地抱著一瓶看起來很貴的酒的阿克婭，來到了我身邊。

「和真。你為什麼會這麼笨啊？平常你都當我是笨蛋，不過現在輪到我這麼說了。和真先生，你這個人，其實是笨到極點的大笨蛋吧？」

面對那個把酒瓶當成寶物一樣緊緊抱著的笨蛋，我卻沒辦法回嘴。

「不是啦。我一開始也沒打算做那種事情啊。可是，該怎麼說呢……走在城裡面，有一堆人對我鞠躬哈腰，害我覺得自己好像變成了無論做任何事情都沒關係的人似的……！」

「我看你真的是笨蛋吧？用電腦搜尋『笨蛋』這個關鍵字的話，和真的名字應該會第一個跳出來吧？我看你就是這麼笨吧？」

真想搶走這個傢伙的酒瓶弄哭她，但是我連吭都沒辦法吭一聲。

在我回到原本的身體裡的那一刻，當然愛麗絲就發現自己身在浴場的更衣室裡了。

然後，見愛麗絲突然變得不太對勁，陷入慌亂之中，克萊兒和達克妮絲便問清了來龍去脈……

「沒想到就連愛麗絲都氣成那個樣子……可惡，哥哥活不下去了啦……」

「……你今天就這樣乖乖待在角落，別引人矚目吧。我去幫你拿些好吃的東西過來。」

格外溫柔的阿克婭，療癒了我脆弱的心。

再怎麼說這個傢伙也是女神，在我真正痛苦的時候還真是可靠啊……

知道我在回到原本的身體之前準備做什麼之後，惠惠也和達克妮絲一樣，不肯和我說話了。

「妳果然是和我交情最久的一個，真希望其他人也可以學學阿克婭的寬容。話說，我從剛才開始就一直很好奇，妳抱在懷裡的那瓶酒是什麼？這麼說來，妳昨天也跟我一起上街去找有沒有好酒呢。那是妳買來當紀念品的嗎？」

「這個啊，因為王城的人說，我們的表現實在太傑出了，所以想給我們特別的報酬以示讚揚，問說我們有沒有特別想要什麼東西。我想說大家好像都很忙，所以就代表了我們的小隊，要了這瓶酒。」

這個傢伙擅自決定了我們大家的報酬是吧。

不過，要是給阿克婭拿的話，可能會把酒瓶摔到地上。

在回到豪宅之前，還是由我代替她保管好了。於是，我伸出手對她說：

「真拿妳沒辦法。也罷，回到阿克塞爾之後我們大家再……」

後面的「一起喝吧」還沒說完，阿克婭便用力拍掉我的手。

「……幹嘛啦，妳是怎樣。反正妳一定會摔倒或是忘記亂放在哪裡，白白浪費那瓶昂貴的酒吧。如果是妳自己買的酒倒還無所謂，那可是大家的傑出表現得到認同所換來的酒耶。快點，我幫妳拿，乖乖交給我。」

「才不要呢。這是我拿到的東西，不會分給任何人喔。況且，給我這個的人也說：『我認為，各位的表現真的非常出色，不過其中又以阿克婭小姐的功績最值得讚揚！』。他還說這次是因為有我在才沒有任何人死掉，開心極了呢。既然如此，我覺得自己應該值得這種程度的獎賞才對。」

「喂，那是大家的努力換來的成果吧！而且那瓶酒看起來就很貴，我也想……啊，妳這個傢伙！」

抱著酒瓶的阿克婭為了不讓我拿走她的好酒，連忙逃走了。

也因為這樣，我又變成孤零零的一個人了……

——會場上到處都是以特別活躍的冒險者為中心所形成的小團體。

然後，不在小團體當中的貴族們也都以這次的戰鬥為話題聊了開來。

「哎呀，這次的戰鬥真是贏得太輕鬆了！最重要的，就是因為有達斯堤尼斯大人所率領的小隊奮勇向前的活躍表現啊！」

「一點也沒錯！一手擋下敵方攻擊的達斯堤尼斯爵士，輕鬆淨化大量不死怪物，瞬間治癒任何重傷的阿克婭大人，還有在魔王軍準備撤退時給予他們最後一擊的惠惠大人！只要有她們三位，說不定就連打倒魔王都不成問題吧？」

「的確，她們三位即使面對魔王也能夠戰成平手吧！更何況，我聽說她們三位早已葬送了許多魔王軍的幹部。果然是名不虛傳啊，厲害厲害……」

「再說，我們王國還有最引以為傲的魔劍勇者，御劍大人啊！御劍大人再加上她們三位的話，應該會是個連魔王也能夠打垮的最佳小隊吧……？我記得他的小隊當中還有弓手和擅使長槍的少女才對。這樣就是個均衡的完美小隊了。」

「「「就是這樣！」」」

哎呀，你們的小隊編制好像漏掉一個人了耶。

好啦，我自己也很清楚。

這次我不但完全沒有表現到，而且還被狗頭人殺掉了。

至於看著這樣的我的人……

「那就是那個人……」

「喔喔，那就是啊。那個傢伙就是克萊兒大人說的，只會出一張嘴的……」

「聽說職業還是最弱的冒險者，等級也不高呢。」

「真是的，達斯提尼斯大人為什麼讓那種人當同伴呢……」

「我看，那個男人只是很會討好別人罷了吧。畢竟，聽說他之前也討好了愛麗絲殿下，計劃要搬進這座城堡來住呢……」

則是隨心所欲地大放厥詞。可是他們說的也有一部分是事實，所以我也無法反駁！

和孤單站在會場角落的我正好成為對比，其他人身邊圍滿了人，不只貴族，就連冒險者們也都在讚美他們。

惠惠的身邊是一群看似魔法師的人。

阿克婭身邊的都是她幫忙治療傷勢的人。

御劍或許因為是王都的紅人，對聚集到他身邊的人們打招呼的模樣看起來相當熟練。

而圍在他身邊的人們，感覺女性的比例好像特別高。

我仔細觀察了一下，惠惠一副因為被大灌迷湯而得意忘形的樣子，而依然抱著酒瓶的阿克婭不知為何，一直趕跑接近她的人們。

看來，她大概是莫名其妙地誤以為大家都在覬覦那瓶酒，而保持警戒吧。

然後……

「說的也是。再怎麼說，那個傢伙也是大貴族家的千金大小姐嘛。」

身穿禮服的達克妮絲和之前的派對不同，或許是因為今天是一般冒險者們也參加的戰勝慶祝派對，她和王族以及幾位上級貴族一起坐在特別的座位區，相談甚歡。

他們身邊有近衛騎士團負責戒護，感覺不太能夠靠近。

該怎麼說呢，都已經相處這麼久了，這才讓我感覺到身分的差距，讓我有點寂寞。

——這時，我和身在座位區的愛麗絲四目相接。

剛才還怒不可抑的愛麗絲，現在卻凝視著我，一臉好像很寂寞的樣子。

我明天也要回去了。

最後看見的不是愛麗絲生氣的表情，真是太好了。

不過，我真的想看的還是她的笑臉就是了……

「怎麼，你還留在這座城堡啊？」

這時，有人突然對變成獨自一人的我這麼搭話。

這裡明明是派對會場，那個人身上卻還是照樣穿著白套裝

跑來找我搭話的，是拿著酒杯瞪著我的克萊兒。

不只在這次的戰鬥中毫無建樹，再加上剛才的交換身體事件，導致她對我的遣詞用字已

經變得和剛見面的時候完全不同了。

這也算是我帶來的不良影響嗎？

「我們會請今晚的主賓達斯堤尼斯爵士和其他兩位貴賓留在城裡過夜，你可回去了。」

「……不，我可以理解妳為何生氣。就連我也覺得自己有點太得意忘形了。可是都已經是最後一刻了，就不能對我更溫柔一點嗎？能和愛麗絲一起洗澡，我看妳也有點高興吧？」

「你、你在說什麼傻話！我怎麼可能因為能和愛麗絲殿下一起洗澡而高興，怎麼可能……怎麼可能……算了，別管這件事了。這件事我就不追究了。」

這個傢伙對愛麗絲的感情絕對在忠誠之上吧。

無論是性癖特殊的達克妮絲也好，還是阿爾達普那個大叔也罷，貴族該不會都是這種人吧。

「這樣一來，不僅逮捕義賊，這次你也沒有做出任何成果呢……真受不了，你這個傢伙還真是只會出一張嘴啊。聽說，你們在打倒魔王軍幹部的時候，直接給予幹部最後一擊的，也都是達斯堤尼斯爵士和那個魔法師啊。」

又這樣突然戳中我的痛處。

「我負責的工作是支援她們啦，而且她們幾個也都有缺點喔。」

「她們幾位的缺點我也都聽說了。但是，那點問題只要有這個國家的後援也不算太嚴重吧。王國應該會發出請求，希望她們幾位今後可以加入御劍大人的小隊。如此一來，討伐魔王的夙願應該也能夠達成才是。你已經有充裕的錢財了不是嗎？能不能請你退出小隊，在那個城鎮度過悠閒自在的生活呢？」

這個傢伙沒頭沒腦的說什麼啊？

「要我過悠閒自在的生活我是非常贊成，不過妳們憑什麼擅自拆散我們啊？以前也有個小混混說過類似這樣的話，但是和阿克婭她們組隊之後的結果是哭著跑回來喔。妳們真的有辦法支援她們幾個嗎？」

「只要像這次的戰鬥一樣，由大隊人馬支援她們就可以了。專精於單一項目的她們，在大規模的團體戰最能夠發揮力量。至於你，有沒有像她們幾位一樣，具備不會輸給任何人的專長呢？……總之，你好好考慮。當然了，要是你能夠發揮出超越御劍大人和她們幾位的能力，大可將這件事嗤之以鼻就是了。」

在我被狗頭人殺掉的當天晚上叫我展現實力是怎樣啊，這個嗜虐女？

夠了，我不想繼續待在這種城堡了，我要回旅店去！

……啊，對了。

「先別說這個了，愛麗絲戴的那條項鍊怎麼了？別再讓她戴那種東西了。而且那個好像是神器。交給我的同伴阿克婭，她應該就會封印住那個東西了，能不能請妳交給她啊？」

對於我的忠告，克萊兒的回答卻出乎我的意料：

「這個我辦不到。那原本是獻給第一王子傑帝斯殿下的貢品。既然傑帝斯殿下還沒回來，我們就不能擅自處理那個東西……而且那個神器也只能短暫交換身體罷了，應該沒那麼危險吧？」

說著，克萊兒微微紅著臉，把頭往旁邊一撇。

……這個傢伙在今天的騷動中食髓知味了是吧。

算了，反正不要唸出關鍵字的話那就只是裝飾品。

而且能夠交換的時間也很短。

這時，克萊兒輕輕一笑，對我說：

「先別說這個了，希望你在明天之內就可以離開王都。這裡已經沒有任何事情用得上你的力量了。要是你想要硬是賴在這裡不走的話，我們也會採取強硬手段將你趕出去。不過，今天你可以繼續留下來享受這個派對就是了……哎，要是你的戰果足以讓你享受這個派對的話啦。」

哭著回到旅店之後，我一個人在漆黑的房間裡面大吼大叫：

「我不甘心！那個女人是怎樣，最後還是要那樣挖苦我！對啦，我是有不對的地方沒錯啦！應該說錯的的確是我啦！」

因為圍著達克妮絲她們的人不肯放她們走，她們似乎要參加派對到最後，今天就要在城裡過夜了。

……她們幾個該不會真的說出想加入御劍的小隊這種話來吧？

這是什麼被排擠的感覺。

之前我明明很想早點甩開她們，加入比較正常的小隊的，只是一旦想到真的有這種可能的時候，不知為何卻又感到不安……

可惡，我不管了啦！

我要回阿克塞爾去，用討伐席薇亞的獎金和巴尼爾給我的報酬成天遊手好閒！

回到鎮上之後要先做什麼呢？

就算要成天遊手好閒，每天都睡大頭覺的話，久了也會膩吧。

這個世界沒有電玩遊戲和電腦真是一大缺憾啊。

不對，這麼說來，阿克婭從紅魔之里拿了電玩主機回來呢。

好，就把主機從那個傢伙手上搶過來，每天從早打到晚吧。

就在這麼想的時候，我忽然想起一件事。

……我和愛麗絲，還沒有在那個遊戲上好好分出高下來呢……

就在我想著愛麗絲而無法成眠，感到苦悶不已的時候……

有人從外面敲了敲我房間的窗戶。

──我看向窗外，發現那個傢伙面不改色地站在二樓窗框的邊緣。

在月光中站在那裡的，是一頭銀髮的盜賊女孩。

我打開窗戶，克莉絲便輕身鑽了進來。

「嗨，今天不是有派對嗎？你怎麼這麼早就回來了？」

說著，克莉絲笑得像是看穿了一切似的，看來她已經知道是怎麼回事了吧。

無論是神器的事情還是派對的狀況，她的消息也太靈通了吧。

說不定是有什麼只有職業是盜賊的人才能加入的盜賊公會之類。

「妳再來幾次，我的答案還是一樣喔。我姑且把我得到的情報告訴妳好了。交換身體的神器在王城裡面。可是能夠交換的時間真的非常短暫，跟召喚怪物的魔道具比起來，我想那個應該不算太危險才對。」

我躺在床上這麼說之後，便賭氣翻過身去背對她。

應該說，今天晚上我只想沉浸在愛麗絲的回憶之中。

雖然死掉的時候艾莉絲女神也拜託過我這件事情，但唯有現在我拿不出幹勁來。

對著有點在鬧脾氣的我的背影……

「那個魔道具啊，要是在交換了身體的狀態下有一個人死掉的話，就無法復原了說。」

克莉絲像是在提什麼無關緊要的小事情似的這麼說……

「……喂，妳剛才說什麼？」

我猛然從床上起身，如此反問克莉絲。

看見我一陣驚慌，克莉絲輕輕笑了笑。

「那個魔道具非常厲害喔，善加運用的話甚至可以得到永恆的生命呢。要是自己的身體開始衰老，只要和年輕又健康的人交換身體，再殺掉對方就可以了。在交換身體之前將自己的財產交給對方的話更是萬無一失。」

然後說出這種讓人笑不出來的話。

……原來如此，那果然是神器。

不過，現在知道那個神器真正的力量的，就只有我和克莉絲。

即使就這樣置之不理，只要沒有人知道這件事，神器就不至於遭到濫用。

「那個魔道具呢，聽說一開始是被某個貴族買下來的。」

像是看穿了我的那個想法，克莉絲輕輕開了口。

「可是呢，不知不覺間，那個東西卻來到了公主殿下的手中……這樣很奇怪吧？到底是誰，為了什麼目的，把那個東西送到王族那邊去的呢？」

……還需要問目的是什麼嗎？

當然是和這個國家的最高權力者交換身體……

「喂，這可不是鬧著玩的啊。我們得趕緊向國家的高層報告這件事才行……！」

聽我這麼說，克莉絲略顯悲傷的搖了搖頭。

「還是別這麼做比較好。知道神器的力量之後，你猜人們會怎麼做？我敢斷定。首先，全國的貴族們都會覬覦那個神器，絕對不會錯……不僅如此，就連王族也有可能濫用那個神器喔。不對，應該這麼說，手上的權力越是強大的人，就越想要永遠的生命。」

她對說不出任何話來的我說：

「我之所以告訴你這件事，是因為我認為你即使得到了神器也不會濫用。」

我們的交情明明就沒多深，為什麼這個傢伙會那麼輕易相信我啊？

對啦，我是沒有那個膽量濫用這種東西。

和愛麗絲交換的時候，我頂多也只是打算和某人一起洗澡罷了。

……咦？我好像也濫用到某種程度了耶……

對著仍然保持沉默的我——

「吶，你之前是負責當公主殿下的玩伴對吧？」

以月光為背景，再次站到窗邊的克莉絲這樣笑著說——

「我們現在就去找公主殿下玩吧？」

第五章

為邪惡的奸計劃下句點！

1

在夜幕低垂的王都當中，我和克莉絲正前往王城。

據克莉絲表示，想潛入城內，今晚是絕佳機會。

因為對魔王軍取得了壓倒性的勝利，士兵們在這種日子的警覺心也會特別低落。

「吶，那是什麼？有點帥氣耶，你到底是在哪裡弄到的啊？」

將黑布蒙在嘴邊的克莉絲看見我的打扮這麼說。

「這是在阿克塞爾某間魔道具店的詭異店員送我的。聽說這個算是熱銷商品的樣子。」

要是被逮到的時候，為了以防萬一，我戴上了巴尼爾送給我的面具來隱藏真實身分。

「是喔——？我也想要一個耶。那個詭異的店員是怎樣的人啊？」

「怎樣的人……？……聽說他很勤快地驅趕在垃圾場亂咬的烏鴉，住在附近的主婦都叫他烏鴉殺手巴尼爾先生。」

「是喔——聽起來是個好人嘛！真想和他見一次面！」

真正見了面應該會嚇到吧。

而且要是那個惡魔和克莉絲這個虔誠的艾莉絲教徒碰了面，絕對不會有什麼好事發生。

我們的目的是潛入城內，搶走愛麗絲的項鍊。

出生到現在，除了性騷擾之外，我做過的犯罪行為頂多只有隨地小便和闖紅燈而已，要做這麼像犯罪的犯罪行為還是相當緊張。

我不打算傷人，也沒那個膽量，所以刀就留在旅店了。

為了減輕重量方便逃跑，我也沒有裝備護胸。而為了盡可能混入夜色之中，也把衣服換成一身黑了。

至於弓箭，因為在潛入的時候有很多功用所以就帶來了……

不久之後，克莉絲停下腳步，仰望聳立在遠方的王城說：

「那麼小弟，你做好心理準備了嗎？」

「我隨時都可以上喔，大仔。」

「「…………」」

「我說，可以不要叫我大仔嗎？」

「這樣的話妳也不可以叫我小弟。再說，為什麼我的定位會變成妳的手下啊？」

躲在建築物後面的我們輕聲對話。

「因為我的職業是盜賊啊，這是我的本行耶！你的職業是冒險者吧。」

「話是這麼說沒錯，但是我有名叫千里眼的夜視技能，我還比較適合幹盜賊這一行吧？以實力來說我才是老大吧？」

潛入王城的過程中，我們總不能用名字稱呼對方。

所以，我們從剛才開始就在決定要怎麼稱呼彼此……

「可是可是，是我先在王都這裡闖出義賊這個名號的耶！我們再這樣爭論下去也不會有結果，這種時候還是找件事情來比個高下吧！」

「妳想比個高下啊。那麼，運氣對盜賊而言也是必要的，就和我比猜拳如何？」

我唯一的長處就是運氣之強。

我想，克莉絲應該不知道我的能力參數才對。

「猜拳啊。好啊，就比這個！這麼說來，以前在比『Steal』的時候我輸給你了呢。今天我要報當時的一箭之仇！」

「妳中計了，克莉絲！我唯一沒輸過的就是猜拳！那就來吧！剪刀——石頭……！」

「——首先呢，就從潛入城內開始嘍，助手老弟。」

「說的也是，頭目。我前一陣子在城裡當尼特可不是白當的。我趁閒得發慌，到處亂晃的時候，大致上掌握住王城的格局了。就交給我帶路吧。」

有生以來，我第一次在猜拳的時候輸給別人。

信奉幸運女神的艾莉絲教徒，其運氣之強果然不同凡響。

之後我們彼此做出各種妥協，決定了現在的稱呼。

我們避開有衛兵看守的正門，繞到王城的城牆處。

「助手老弟，你想從這種地方潛入嗎？這道城牆非常高耶，這差不多有三樓高吧。就算是克莉絲小姐我也沒辦法從這裡……」

在克莉絲說完之前，我已經拿出弓、搭上箭。

「『狙擊』！」

然後射出之前在對付毀滅者的時候用過的那種箭頭呈現掛勾狀，並綁上繩索的箭。

憑藉技能之力射出的箭，不偏不倚地勾在城牆的邊緣。

正當我在拉扯繩索，確認狀況的時候，克莉絲瞠目結舌地說：

「助手老弟也太好用了吧。等你不當冒險者之後，要不要和我一起組個專偷缺德貴族的盜賊團啊？」

「要是我用盡積蓄又閒到發慌的時候會好好考慮一下……好了，我們走吧！」

2

現在的時刻大概是半夜一兩點左右吧。

王城裡的房間都已經熄燈，看得出大家都已經熟睡了。

「接下來由我領頭應該比較好。我會靠夜視技能慢慢前進，頭目就跟在我後面走吧。」

「我知道了，助手老弟。」

我們目前的所在位置是城堡的中庭。

準備前往的愛麗絲的房間，就位於這座城堡的最上層。

然後，我在中庭通往城內的門前，碰上了第一個難關。

「頭目，不好了。門鎖住了。」

「這個時候就輪到我上場了。解鎖技能可以派上用場了。」

克莉絲在門前蹲下，然後拿出兩根像掏耳棒的東西，在鑰匙孔裡勾了幾下。

不久之後響起了「喀嚓」一聲，門鎖就這樣輕鬆被打開了。

不愧是拿這個當本行的人。反正現在也有多的技能點數，我也來學這個技能好了。

我們成功潛入城內之後，繼續摸黑前進。

當然是由我帶頭，克莉絲緊跟在我身後。

目前為止，我們沒看見在城裡巡邏的士兵。

只不過是沒有運氣超差的阿克婭而已，事情就會變得這麼順利啊。

「哎呀，有人來了。感應敵人技能有反應了。」

「我們躲到那邊的暗處去吧，助手老弟。別忘了發動潛伏技能。」

在我們躲進暗處的同時，傳來了「喀喀」的腳步聲。

大概是負責巡邏的人吧。

「助、助手老弟，你為什麼要貼得這麼緊啊？既然都用了潛伏技能，不需要做到這種程度也不會被發現吧。」

「大意不得啊，頭目。聽我的啦，再過去一點，快點快點。」

我不斷將克莉絲推進陰暗處，自己也緊緊貼了過去。

「助手老弟，你各方面都貼太近了啦！」

「頭目，這都是為了搶回神器，守護世界和平啊！請妳多忍耐點！」

就在我們小聲爭執的時候，巡邏的士兵停下了腳步。

「……有人在那裡嗎？」

隨著這個質問，士兵用油燈照了照這邊，但因為有潛伏技能，我們好像沒有被發現。

「是我神經過敏嗎……」

士兵再次回去巡邏之後，我們鬆了一口氣。

「真是的，我不是說了嗎，頭目，大意不得！要不是我那麼謹慎，我們可就危險了。」

「不不不，如果不是你害我出聲，他根本不會注意到我們好嗎！而且你要是再對我性騷擾，總有一天會嘗到艾莉絲女神的天譴喔！」

糟糕了，這麼說來，這些都被艾莉絲女神看在眼裡呢。

最近我實在太過於憑本能行動了，連我也覺得自己這樣不行。

我得稍微自重一下才對。

——在廣大的城內走了一陣子，我們終於來到通往二樓的樓梯。

愛麗絲的房間在最上層。

正當我準備往那邊走的時候，克莉絲拉了拉我的衣袖說：

「助手老弟，可以的話，我想先去這座城堡的寶物庫看看。我之前跟你提過吧？現在好像有兩個神器流落到王都這邊來了。那個能夠操縱怪物的神器，說不定也在這座城堡裡面。

而且我感應到非常強大的寶物氣息的地方，就只有那個叫阿爾達普的人的宅邸，還有這座城堡而已。」

在阿爾達普的宅邸應該是感應到阿克婭的羽衣，所以可能有神器的地方只剩下王城了。

「寶物庫在二樓，上去之後就在樓梯口而已。那裡沒有人看守。相對的，那裡張設了強大的結界，好像還設置了陷阱……」

「那個不成問題。我已經做好萬全的準備了。」

我們走上樓梯，前往寶物庫。

張設在寶物庫入口的強大結界，就連沒有多少魔力的我也看得見。

能夠解除這個的大概也只有阿克婭了吧。

這時，克莉絲從懷裡拿出某種魔道具。

「這是原本只有魔族在使用的魔道具，名叫結界破壞器。也不知道到底是怎麼弄到這種東西的，不過紅魔族的人們好像開始販賣這種結界破壞器了。然後，我就從弄到這個的貴族家裡稍微借用了一下。」

結界破壞器？

我好像聽過那個魔道具的名稱。

應該說，我好像也在哪裡看過那個東西，不過到底是在哪裡啊……算了，不重要。

克莉絲操作了一下那個魔道具，結界便隨著一個破碎聲輕而易舉被解除了。

「好厲害啊。這樣的話，接下來就只要留心陷阱就好了。」

「就是這樣。而且我們還有感應陷阱和解除陷阱的技能，幾乎不需要擔心會中陷阱。」

我拿出打火機，先觀察了一下四周，然後點了火。

我照了一下寶物庫，看見裡面整齊地擺滿了許多財寶。

「哎呀，到處都是陷阱呢。要是想拿走寶物的話，就會觸動警報。要是我們想找的神器不在這裡的話，還是別碰這些寶物好了。」

聽克莉絲這麼說，我們開始尋找有沒有看似神器的東西。

話雖如此，我也不知道召喚怪物的神器長什麼樣子，所以只能交給會用感應寶物技能的克莉絲了。

至於我能做的，也只有注意有沒有人來巡邏，同時在寶物庫裡面東看西看……

……這時，我不小心看見一樣東西。

「助手老弟，看來不在這裡呢。雖然有很多強大的魔道具，但每個都不到足以稱為神器的程度……助手老弟？」

那個東西擺在寶物庫裡，未免過於突兀。

對我而言，那同時是個非常懷念的東西。

「那不是漫畫嗎……」

放在那裡的，是想必來自日本的漫畫雜誌。

或許是我看著懷念的東西的表情觸動了克莉絲的心緒，她只是在一旁觀望著以渴望的眼神看著漫畫的我。

「那個……要是你想拿走這個東西的話……」

克莉絲尷尬地如此吞吞吐吐，不過這種事情我也知道。

「沒關係啦。這是我的故鄉的書，我只是覺得有點懷念罷了。」

聽我這麼說，克莉絲不知為何露出一臉歉疚的表情。

「不用擺出那樣的表情啦。而且，這本漫畫我也有，這沒什麼……」

說到這裡，我的視線停在漫畫旁邊的那本書上。

……那是頂級的珍寶。

在日本光是持有就可能會遭到逮捕，是一種非常不得了的稀世珍寶。

「……那我們走吧，助手老弟……對了！等到封印神器的工作結束之後，我可以幫你收集你的故鄉的書，所以……」

就在克莉絲心有戚戚焉地不知道在說些什麼的時候，我毫不猶豫地拿了那個寶物。

「助手老弟——！」

「——在那邊，入侵者逃到那邊去了！」

「入侵者有兩個！不知道有什麼目的，但是不能再讓他們繼續前進了！」

在士兵們的叫罵聲四起之際，我和克莉絲拚命衝刺。

「可惡，好可怕的陷阱啊！沒想到我竟然會中招……！」

「助手老弟，我晚一點有很多話想跟你說！你也太過於無拘無束了吧！」

「頭目，現在不是吵架的時候，還是想想有什麼辦法可以突破這個困境吧！」

「話是這麼說沒錯，不過你沒資格說啦！」

大概是寶物庫的警報吵醒了所有人，城裡的房間都亮起了燈。

「『Create Water』！然後是『Freeze』！」

我一邊在走廊上奔跑，一邊到處設置薄冰。

不久之後，後面便傳來叫罵聲和慘叫。

「助手老弟真的很好用耶。」

「別光是出一張嘴，頭目也幫點忙吧！」

一邊跑在我身旁，一邊悠哉地那麼說的克莉絲豎起了拇指說：

「好，讓你見識一下頭目的實力！」

如此宣言的同時，她轉身面向後面，並且從口袋裡掏出某樣東西。

是一綑金屬製的細絲。

「『Wire Trap』！」

克莉絲在大喊的同時，將鋼絲丟了出去。

無數的鋼絲飛射出去之後，在接觸到走廊的牆壁的同時緊緊繃住，變得像鐵絲網一樣。

張開的鋼絲有如蜘蛛網般綿密。

就算是再怎麼嬌小的人，也很難鑽過這樣的鋼絲網吧。

「這頂多只能爭取時間，不過已經夠我們逃走了吧！助手老弟，引起這麼一陣騷動之後已經沒辦法繼續了，今晚就先撤退吧！」

克莉絲一面這麼說，一面拔出插在腰後的匕首，四處張望。大概是想敲破窗戶逃走吧。

「不，等一下，我想在今天之內設法解決這件事！我明天就會被趕出王都了啊！」

聽我這麼說，克莉絲臉部開始抽搐，露出傷腦筋的表情。

「就、就算是這樣……盜賊加冒險者的兩人組，要是正面對抗衛兵的話也只是三兩下就被抓住了吧？而且，你什麼時候變成這麼拚命的人了？」

聽克莉絲這麼說，我才忽然驚覺。

這麼說來，我幹嘛這麼拚啊？

我又不是走熱血路線的人，也不是被遴選出來的勇者。

靜下心來，我應該是更冷靜的男人才對。

沒錯。回到阿克塞爾之後，我就可以過著遊手好閒的生活了。

別再逞強了，就這樣逃走，回到自己的豪宅裡悠閒度日——

在我如此說服自己的時候，和愛麗絲相處在一起的日子卻有如走馬燈一樣歷歷在目。

被我捉弄，變得不開心的愛麗絲。

在我說到地城裡的巫妖如何安心上路的故事時，專心聽到雙眼發亮的愛麗絲。

在我的慫恿之下跑去飯廳偷吃東西之後，羞愧地聽著克萊兒說教的同時，明明和我一起挨罵，卻隱約顯得有點開心的愛麗絲。

相信了我的信口胡謅之後，信心滿滿地到處告訴其他家臣而大失顏面，於是哭著跑來怒罵我的愛麗絲。

還有，之前我問愛麗絲的時候，她回答我的那番話——

『我還是第一次遇見像你這樣的人。在其他人謹言慎行的時候，只有你一個人毫不畏懼、不守禮節、毫不客氣，教了身為王族的我一堆奇怪的事情，甚至還幼稚地想要使盡全力贏過我……』

說起來明明完全沒有任何一點稱讚的要素。

『沒錯啊，我說的是喜歡你的理由喔。』

但那個孩子好像就是喜歡這樣最原本的我。

——我也不知道自己為何要如此全心投入。

而且，我也不太明白愛麗絲為什麼會那麼黏我。

反正，再過幾年愛麗絲也會長成亭亭玉立的公主。

到時候，我這種可疑分子就會因為身分的差距而見不到她了吧。

不，離開這座城堡之後，我和她就會完全失去交集了吧。

既然如此，我能代替她的哥哥，能讓她傾慕的時間，就只剩下今晚了。

「助手老弟，今晚還是先撤退吧！你回去阿克塞爾之後，也許會多花一點時間，但我還是會設法解決這件事！」

可是，正因為如此……

「頭目，我……」

一直以來，我一向都是順其自然，或是受到波及，不過……

我不會說下次開始。

我不會說明天開始。

「從這一刻開始，我要拿出真本事了。」

沒錯——

「……助手老弟？」

「——切斷鋼絲了！賊人……沒有逃走，還停留在那邊！」

擋路的鋼絲遭到撤除，我們和士兵們之間已經毫無屏障了。

「你們這些奸細，等著後悔自己闖進城裡來吧！記得要留其中一個活口！才能審問他們潛入這座城堡是為了什麼目的！」

拎著白晃晃的長劍，一個隊長階級的男子嚷著如此危險的台詞。

擋在我們前面，一直觀察著我們的士兵對那名男子說：

「隊長，其中一個拿著匕首，但是另外一個好像沒有武器。我們就抓看起來比較弱，身上沒有武器的那一個吧。」

對此，士兵稱作隊長的男子點了點頭說：

「銀髮的那個看起來是比較強。好，對付銀髮的不需要手下留情！戴面具看起來比較弱的那個有兩個人對付就夠了吧！」

——今晚的我是怎麼了呢？

難道是因為已經下定決心要拿出真本事了嗎？

「對方是為非作歹的入侵者，戰到缺手斷腳也怨不得我們。」

狀況超好。

「他們兩個都沒有動作……喂，你們兩個入侵者！要投降的話就趁現在，或許還有機會保住一條小命。好了，乖乖就範……」

不知為何，今晚的我狀況超好的。

——士兵稱作隊長的男人對著我舉起了劍。

「…………」

看見我像是要握手一般默默伸出手，他微微放低已經舉起的劍尖。

「哦？我懂了，你想投降啊。好，那邊那個銀髮小子也把武器丟掉！這樣的話啊啊啊啊啊啊啊啊啊啊啊啊啊——————！」

然後，他在握住我的手的同時放聲慘叫，渾身顫抖之後虛脫倒地。

「「「啥！」」」

在場的所有人……

就連克莉絲看見如此的光景也放聲大喊。

士兵稱作隊長的男子，體力想必相當不錯。

不過，如果是體力直逼怪物的達克妮絲或許還很難說，但是這樣的他在我狀況極佳的「Drain Touch」之下，也撐不了幾秒。

「這、這個傢伙幹了什麼好事！」

看見隊長虛脫倒地的模樣，其他士兵也紛紛後退。

而我看見了這樣的狀況——！

「呼哈哈哈哈哈！狀況極佳！狀況極佳啊！不知怎地我的狀況好得不得了！今晚我要好好展現我的真本事啦！」

「助、助手老弟？你從剛才開始就不太對勁耶！到底是怎麼了！」

便衝去攻向那些士兵——！

「頭目！通往最上層的樓梯要在那個轉角右轉喲！」

「呃，好，我知道了！不、不過助手老弟？我總覺得你好像變了一個人似的……語氣也變得怪怪的，到底是怎麼了！」

我和克莉絲並肩奔跑，身後依然和剛才一樣不斷傳來叫罵聲。

但是，狀況和剛才稍有不同……

「有賊人！武功高強的賊人闖進來了！快集合那些厲害的冒險者！」

「聽好了，絕對不可以單獨對付他們！對方的功力高深莫測，目前他們似乎不打算殺害我們，但還是千萬不可以掉以輕心！」

「騎士團長，請到這邊來！去安全的地方避難吧！」

「但、但是，我總不能讓那個戴面具的男人繼續前進……！」

對於情緒高張的我，士兵們呈現出異樣的畏懼。

哎呀，前面有敵人！

「讓開讓開，銀髮盜賊團駕到！不想嘗到苦頭的話就讓開！」

「助手老弟，這個名稱是什麼時候冒出來的！事情越鬧越大了啦，我看你來當頭目好了，改名叫面具盜賊團之類……！」

對準了在前方舉著劍，顯得有些退縮的士兵……！

「『Wind Breath』！」

「唔啊！可惡，竟然耍這種小花招……啊啊啊啊啊啊啊啊！」

我以風之魔法吹出握在手中的乾土。

接著抓住視力遭到剝奪的士兵的手，在壓制住他的武器的同時吸取體力。

在遭遇敵人不到幾秒鐘的時間內便讓對方失去戰鬥能力的我，若無其事地說……

「我拒絕用面具盜賊團這個名稱，聽起來好像我是主謀似的，我才不要。」

「我也不想被當成主謀好嗎！我原本可沒有打算闖出這麼大的名氣，今後搞不好光是因為這頭銀髮就會被格外注意耶！話說回來，你從剛才開始就一直在用的那個技能是什麼！」

再怎麼樣我也不能說是巫妖的技能吧。

「這是我的必殺技。因為是必殺，所以細節要保密。先別說這個了，要是碰上使用魔法的對手，我再怎麼厲害也無法防範……哎呀，才剛這麼說就冒出一個看起來很像魔法師的傢伙了，交給妳了，頭目！」

一群看起來才剛慌忙跳下床的衛兵擋住了我們的去路。

有兩個身穿鎧甲的士兵，和一個穿著長袍的傢伙。

「交給我吧！那個傢伙可以用我的技能對付……！『Skill Bind』！」

在身穿長袍的魔道兵施展魔法之前，克莉絲已經發動了技能。

「『Lightning』！……怪、怪了？」

魔道兵因為魔法沒有發動而感到迷惑。

我一邊奔跑，一邊拿出繩索……

「『Bind』！」

接著拋向另外兩名士兵。

因為技能而帶有魔力的繩索像是活了過來似的，捆住兩名士兵，封鎖住他們的行動。

克莉絲教我的這個技能，在這種時候真是非常管用。

由於這招的作用非常強烈，最大的缺點就是消耗的魔力也不少，但是……！

我逼近長袍男，以「Drain Touch」吸取他的魔力，直到他倒地。

因為使用「Bind」而大量消耗的魔力，瞬間就補滿了。

「又被幹掉了！那個傢伙明明連武器都沒有，是怎樣啊！」

「冒險者呢？那些武功高強的冒險者還沒來嗎？」

士兵們發出近乎慘叫的吶喊。

「這、這個嘛……因為派對上提供的都是昂貴的好酒，大家心想要好好把握機會便猛灌，大部分的冒險者都醉得不省人事……」

「冒險者就是這樣！」

聽見後面傳來的這番對話，讓我鬆了一口氣。

再怎麼說，要是碰上高等級的冒險者我們可沒什麼勝算。

「騎士和士兵很難對付擁有盜賊技能的傢伙！有沒有什麼好方法啊？」

「照理來說，拘束技能的魔力消耗很高，應該沒辦法連續使用才對……！我看，那個傢伙應該攜帶了大量的瑪納礦石吧……？」

「但是，我沒看見他拿出瑪納礦石來啊？這就表示……」

「那個賊人的魔力量之驚人，足以匹敵紅魔族嗎……！」

背後又傳來了士兵們這樣的對話。

他們自顧自提高對我的評價，但是我只是三不五時就靠「Drain Touch」在吸魔力而已。

這時，經過零星戰鬥之後……

「啊啊！糟了，別讓他們到最上層去！雖然不知道賊人的目的是什麼，但愛麗絲殿下就在最上層啊……！」

我們已經衝到愛麗絲所在的最上層了。

「『Wire Trap』！『Wire Trap』！『Wire Trap』——！」

然後，克莉絲在樓梯的入口張設了一層又一層的鋼絲。

「好，這樣就暫時沒有人能夠通過這裡了！接下來，就只需要……！」

就在克莉絲鬆了一口氣的時候……

「——就只需要抓住你們，問出入侵的目的而已了……你們是何方神聖？街頭巷尾熱議的義賊就是你們嗎？」

聽見有人從背後對我們這麼說，我轉頭過去，看見的是武裝齊全的御劍。

然後……

「沒想到你們竟然自斷退路。你們這些入侵者，可別以為自己還逃得掉啊！」

如此宣言的，是一臉嚴肅的克萊兒和蕾茵。

另外還有在遠方圍觀的貴族，以及多名騎士。

4

「怎麼辦啦，助手老弟！再怎麼樣我們也對付不了這麼多人吧！」

克莉絲以飄高的聲音對我耳語。

我以視線隨便掃了一下，看來在場的人除了蕾茵以外就沒有魔法師了。

在御劍的帶領之下，已經拔出劍的騎士們一點一點逼近我們。

站在騎士們身後的克萊兒也露出勝券在握的表情看著我們。

其他的貴族大概也都覺得勝負已分，一副準備看好戲的樣子，開心等看我們遭到逮捕。

「克萊兒小姐，我聽說那個面具男是相當厲害的強敵。雖然他手上看來沒有武器，但是被逼急了會做出什麼事情來沒有人知道。我來負責制住那個傢伙，就麻煩騎士團的各位負責那名銀髮少年了。」

「……助手老弟，他們從剛才開始就一直叫我小子啦、少年的，我也只有蒙住嘴巴而已耶，這樣看起來就那麼像男孩子嗎？」

「我想最根本的原因是頭目的纖瘦身材吧……頭目，別氣餒了，振作一點。接下來才是最重要的時刻啊。」

看來是被我戳到死穴，克莉絲顯然變得消沉不已。而我安慰了一下這樣的她，然後面向御劍。

他毫不大意地舉起魔劍，緊緊盯著我。

「頭目，這種時候就是要讓最強的傢伙失去戰力，嚇住所有人。狀況絕佳的我會秒殺那個自以為帥的型男。接下來就趁其他人因為畏懼而愣住的時候，一口氣衝過去。」

「我、我聽得見喔。自以為帥的型男是指我嗎？話說回來，你說要秒殺我啊……手無寸鐵的對手居然這麼小看我。好吧，我就拿出真本事……」

御劍的話還沒說完，我已經對著魔劍伸出手。

看見我的動作，御劍便蹲低馬步，將手放在劍柄上，擺出拔刀術的姿勢。

御劍是上級職業，而且又是高等級的冒險者，即使用「Steal」搶走他的劍，並對他施展「Drain Touch」，他應該也還能支撐一陣子。

「你這個動作是想用竊盜技能吧？太可惜了。自從輸給某個男人之後，我就隨身帶著很多被偷走也無妨的東西，藉以對付竊盜技能。好了，你想乖乖投降的話就……」

「『Freeze』。」

我打斷了御劍的發言，發動凍結魔法。

由於我用的是初級魔法，御劍似乎認為這是某種牽制。他動也不動，持續保持警戒。

而我毫不防範地接近了這樣的御劍……

「你這是什麼意思？吃我這招……！」

試圖對我施展拔刀術的御劍，這才發現魔劍的刀鍔與刀鞘的部分已然凍結，拔不出來，並為之驚愕。

而我抓住了這一瞬間的破綻，單手摀住御劍的口鼻……！

「『Create Water』！」

「咕嚕！」

嘴裡硬生生冒出水來，因而嗆到的御劍連忙抓住我的手。

「你願意認輸退下嗎？」

聽我這麼說，呼吸困難的御劍只是閉上嘴，咬緊牙關，握起拳頭……！

「『Freeze』！」

「咳！」

在對我打出拳頭之前，他已經因為口鼻內部凍結，整個人抖了一下。

「御劍大人！」

在克萊兒如此尖叫的同時，被我放開的御劍摀著自己的喉嚨，跪倒在地。

「現在趕緊幫他解凍的話，應該不至於窒息！你們幾個，如果覺得自己比這個男人還要強就儘管上！……頭目，趁現在！我們衝過去吧！」

「我已經搞不清楚你到底是強是弱了。不過，我一點也不想與你為敵。」

如同之前所預測，在我瞬間打倒御劍之後，騎士們果然難掩動搖，紛紛後退。

我和悠哉地那麼說著的克莉絲一起衝了出去，穿過那些騎士。

「蕾茵，稍微粗魯一點也沒關係，快點幫御劍大人的喉嚨解凍！還有，你們在做什麼！有這麼多人在為什麼連一劍也砍不中！就算御劍大人被他們解決掉了，你們也不應該讓他們輕鬆穿越吧！」

「但是，從那極高的迴避力看來，那兩個人恐怕學了逃走技能！要是他們全力逃跑的話，我們怎麼攻擊都……！喂，兵分兩路！賊人對城內的構造不可能知道得比我們還詳細！你們繞過去包抄！」

「各位，請保持冷靜！騎士團會立刻抓住賊人，還請各位保持冷靜！」

在我們前進方向上的貴族們一臉蒼白又不知所措地四處逃竄，絆住了騎士們。

趁著這陣混亂，我和克莉絲以「Bind」對付擋路的騎士。

他們似乎覺得我們對城內的地理並不熟悉，但我住在這裡閒得發慌的時候，每天都在城裡亂晃的那些日子可沒有白費。

只要穿越這裡之後，就是……！

「助手老弟，後面！有人要出招了！」

聽克莉絲如此警告，我看向後面，只見蕾茵完成了御劍的治療之後，以法杖指著我們，並且開始詠唱魔法。

「愛麗絲殿下就在前面！與其讓他們就這樣繼續前進，不如兩個都殺掉也無所謂！大不了靠阿克婭小姐的復活魔法救活他們就可以了！蕾茵，儘管出招，不用客氣！」

克萊兒焦急地這麼說，蕾茵的法杖前端的寶石便開始發出異樣的光芒。

我拿起背在背上的弓，對準法杖的前端射出一箭！

「『狙擊』！」

「噫！」

我擊碎了法杖的前端，害得蕾茵輕輕尖叫了一聲，動也不敢動。

看見這一幕，克萊兒和騎士們都露出一臉傻愣的表情。

「那個傢伙到底是何方神聖啊！為什麼那種高手會淪為盜賊呢！」

克萊兒心有不甘地如此放聲呻吟，眼睜睜看著我們逃走。

5

「——前面就是愛麗絲的房間了。頭目，拜託妳在這裡張設鋼絲網吧。」

「我知道了，助手老弟。不過我的魔力快要沒了，所以只能用一次。」

來到通往愛麗絲的房間的走廊之後，我們為了阻擋騎士從後面追過來，張設了陷阱。

我們全力使用了逃走技能，爭取到不少距離，所以後面的追兵們裡我們還很遠。

我們站到愛麗絲的房間前面，然後打開門……！

「虧你們能夠抵達這裡，入侵者們。守護人民、守護王國、守護王族，乃是達斯堤尼斯一族的使命。只要有我在……」

我們輕輕把門關上。

「不准關門！你們兩個傢伙來到這裡，到底是為了什麼……」

達克妮絲猛然推開門，看見我們，便整個人僵住了。

沒穿幫，還沒穿幫！

「頭頭、頭目！別顧著發抖啊，我們得達成目的才行！就算眼前的女騎士看起來有多強，我們也不可以在這種時候感到害怕！為了這個國家，我們還有事情要做啊！」

「說說說、說的也是，助手老弟！我們是為了這個國家才這麼做的，雖然不能告訴任何人，但這麼做是正確的！」

「就是說啊，頭日！這個國家的人都不知道公主殿下身上戴著多麼危險的東西！幸虧有我們來到這裡，要不然就糟糕了！」

我們充滿說明意味的台詞讓達克妮絲的臉不停抽搐，但是沒問題，我們應該還沒穿幫！

「助手老弟，我們衝進房間裡去吧！之後再一起道歉吧！」

「說的也是！沒問題啦，好好說明緣由的話，她肯定會諒解的！」

「嗚、喂……！你你、你們兩個……」

「達克妮絲，怎麼了嗎？戰鬥前的耍帥台詞是必須的喔，我已經告訴過妳幾次了耶。」

因為有達克妮絲擋著所以我看不見，不過好像連惠惠都在房間裡面。

「讓開吧，不過是一兩個賊人，就由我來抓住他們！雖然我的魔力還沒恢復到能夠施展魔法的程度，但是我對打架很有自信！今天白天我也打贏了三個小……流……氓……」

這時，看見硬闖進房間裡的我們，原本揮舞著法杖的惠惠也僵在那邊。

沒問題，還沒穿幫！

惠惠那麼聰明，所以就算發現是我們，一定也沒問題……！

「帥、帥呆了……！」

只要說明愛麗絲身上的神器有多麼危險……咦？

目不轉睛地盯著我的臉看的惠惠，紅著臉，身體還發著抖。

「怎麼辦啦，達克妮絲，這個義賊超懂的！帶了一個這麼帥氣的面具，而且還穿了一身黑！名稱呢？你們這個盜賊團有名稱了嗎？」

看來這個傢伙真的沒發現是我們。

被雙眼發亮的惠惠用力搖來搖去之後，達克妮絲赫然回過神來說：

「該……該死的賊人……那個，你們休想再往前一步……達斯堤尼斯一族的我……」

刻意至極的唸著這樣的台詞，達克妮絲有氣無力地擺出架勢。

看來她已經理解了我們的意圖，願意協助我們的樣子。

達克妮絲緊握的拳頭不住顫抖，像是在拚命忍耐著什麼一樣。

怎麼辦，之後該怎麼向這個傢伙說明呢？

先不管這個，現在先把她綁起來好了，這也算是為了她好。

「『Bind』！」

我對著達克妮絲施展了技能，被繩索綑綁住的達克妮絲放心地嘆了口氣。

這樣一來，達克妮絲就有藉口可以說是不敵對手，失去戰鬥能力了……

「『Sacred Spell Break』！」

在房間裡迴響的是阿克婭的聲音。

對達克妮絲施展的魔法，使得她身上的繩索失去了力量，掉到地板上。

「真是太遺憾了，有我在這裡算你們倒楣！我不知道你們到底是來幹嘛的，不過只要抓住你們的話，我一定又可以拿到很貴的酒了吧！如你們所見，只要有我在，任何技能都會失效！好了，乖乖束手就擒吧！」

依然緊緊抱著酒瓶的阿克婭，從房間深處現身。

可惡，平常明明一點也幫不上忙，就只有在這種時候表現得特別突出，更是讓人火大！

這個傢伙為什麼無論任何時候都這麼搞不清楚狀況啊！

「達克妮絲，趁現在抓住他們！不知為何惠惠變成了一隻軟腳蝦，現在只能靠妳了！」

在阿克婭的慫恿之下，快要哭出來的達克妮絲無可奈何地舉起劍，這時騎士們的腳步聲也已經從我們身後漸漸逼近。

「頭目！都是那個笨蛋害的，我們已經不能繼續在這裡久留了！愛麗絲就在房間深處！我們就在衝過她身邊的同時施展竊盜技能……！」

「把神器偷過來對吧！可是，你的竊盜技能……」

沒錯，也不知道是什麼原因，我的竊盜技能對女性使用的話有很高的機率會偷到內褲。

就在這個時候，叫罵聲在我們身後大作。

「快點切斷鋼絲！賊人想對愛麗絲殿下不利！」

這下真的沒有時間了。

或許會害愛麗絲受到傷害，不過為了盡可能提升奪得神器的成功率……！

「看、看我使盡渾身解數的橫掃，一刀就能葬送你們！」

高聲如此宣言的達克妮絲，使出了虛弱無力的橫掃。

我和克莉絲從她的劍底下鑽了過去，一路闖進房間深處。

「達克妮絲，妳這個呆瓜怎麼會那麼笨啊！哪有人向對手宣告妳接下來要出什麼攻擊的啦！就是因為這樣，人家才會說妳腦袋裝肌肉啦！」

「嗚嗚……」

被那個最搞不清楚狀況的真呆瓜如此叮囑，達克妮絲眼中積滿了淚水。

站在她身邊的惠惠，帶著像是在看英雄似的崇拜眼神看著我……

然後，我們準備前往的房間深處有了動靜。

愛麗絲從中現身，右手拎著裝飾華美的西洋劍，左手對準我們伸了出來。

她伸出來的左手的手指上，一個散發出白光的戒指變得越來越亮……！

「入侵者啊！我也是代代接納勇者之血，鞏固自身能力的王族之一！別以為你們的企圖能夠輕易……得逞……」

原本處於備戰狀態的愛麗絲一看見我們，便驚訝得瞪大了眼睛。

隨著發光的戒指的光芒逐漸平息，她的聲音也越來越小。

現在正是大好機會！

「『『Steal』』——————！」

我和克莉絲的竊盜技能，分別從愛麗絲身上搶走某樣東西。

「愛麗絲殿下！您還好嗎？」

同時，克萊兒的聲音從我們背後傳了過來。

可惡，連確認偷到什麼東西的時間都沒有！

「助手老弟，我們直接衝到陽台！幸好底下有個游泳池！我們就這樣跳進那裡……！」

克莉絲拿著手上的東西，經過愛麗絲身邊，同時如此吶喊……！

「從剛才的一連串對話來看，我知道你們想要的就是那個對吧！雖然不知道那是什麼，不過我可不會讓你們就這樣帶走！」

而阿克婭對著克莉絲的背影，伸出一隻手。

那個傢伙，直到最後一刻都搞不清楚狀況啊！

「封——印——！」

「混帳東西——！」

我和克莉絲對準一片漆黑的游泳池，從陽台跳了下去——！

終章

為了成為真正的哥哥

隔天早上。

過了這麼一晚的王都陷入了大騷動。

畢竟，傳說中的義賊只靠兩人之力就溜進王城，從公主身上搶走了魔道具。

而且，還是在眾多武功高強的冒險者住在城裡的這一天。

銀髮少年和面具男子的行徑立刻成了傳聞，轉眼間已經在王都裡擴散開來。

而現在——

我所在的這個房間裡，狀況也非常嚴重。

「達達達、達克妮絲，拜託妳冷靜一點——！我那麼做是有正當理由的——！」

「喂，妳聽我們說啦！等妳聽完以後就會覺得『啊，這也是無可奈何的事情』，諒解我們的處境！拜託一下，請聽我們說！再捏下去真的會爆掉啊，要死人啦！」

會裂開、會裂開，我的頭會裂開啦！」

「我聽啊，我聽！好啊，我洗耳恭聽啊！這只不過是聽你們解釋之前的準備運動罷了！視情況而定，或許我還可以不要拿出全力對付你們！」

我和克莉絲被達克妮絲叫了過來，在旅店的房間裡分別接受她的鐵爪功拷問。

「達克妮絲，達、達克妮絲！我沒辦法說話！吶，這樣沒辦法說話啦！」

「住手——！我只是受到克莉絲的唆使罷了！主謀是身為頭目的克莉絲啊——！」

達克妮絲一把抓住我們的太陽穴，用力捏緊，表情更是認真到嚇人。

「你、你這個傢伙！痛痛痛痛痛！不、不是啦，達克妮絲妳聽我說！助手老弟也是興致勃勃的喔！說要這麼做的確實是我沒錯，但是在騷動擴大的時候我本來說要撤退的，決定要直接突破重圍的是助手老弟！」

「哪有人這樣的啦，頭目！我加入盜賊團不過也才一天，而且在組織裡面也是最低階的小嘍囉啊！」

「閉嘴啦，說什麼盜賊團啊，也不過只有你跟我兩個人好嗎！明明只有兩個人還分什麼高階低階啊！」

被迫跪坐在地板上，太陽穴依然被緊緊抓住的我和克莉絲，拚命想將責任推給對方。

畢竟，達克妮絲依然維持著前所未見的憤怒表情。

「喂。」

「——！」

原本還在鬥嘴的我們，被達克妮絲的這聲冷喝嚇到噤聲。

「有話快說。」

我們兩個將整件事情的緣由老老實實全盤托出。

「——你們兩個真的是……為什麼不告訴我呢？一開始就好好跟我說的話，你們就不需要幹那種蠢事了，我自然會把事情辦妥。」

聽完我們的解釋，達克妮絲沉沉嘆了口氣。

「話是這麼說沒錯啦，但那可是能夠交換身體的神器耶。用對方法的話，甚至可以得到永久的生命。我剛聽說這件事的時候，原本也慌慌張張地想說應該向高官報告才對。結果，克莉絲說地位越高的人就越會想要這種東西，還說就算是王族也難保不會濫用這個。」

「我、我覺得達克妮絲應該沒問題喔！我原本想拜託達克妮絲的，是助手老弟說什麼『喂，妳給我站住！達克妮絲也是貴族喔，要是克莉絲的真面目被貴族們發現了，那個傢伙的立場會變得岌岌可危啊！』我才沒找妳的！」

「啊！妳、妳這個傢伙！」

看著再次開始鬥嘴的我們，達克妮絲又嘆了一口氣。

「木已成舟的事情也就沒辦法了。幸好發現你們的真實身分的，目前還只有我一個。克莉絲的銀髮太醒目了。妳立刻離開王都，回到阿克塞爾去吧。和真嘛……跟我走，我們現在就進王城。」

「咦？……啊啊，妳剛才捏得我的太陽穴好痛啊！不好意思，我要留在這裡休息……」

「少演那種無聊的蹩腳戲了，乖乖跟我來！我們還得去接惠惠和阿克婭，也得向愛麗絲殿下正式道別啊！」

「話是這麼說沒錯啦，但是昨天晚上才搞出那種事情，今天就要進到警戒變得更為森嚴的城堡裡去喔……！沒人能保證我不會露出馬腳，而且要是他們懷疑我，拿了那個偵測到謊言就會鈴鈴響的魔道具過來可就大事不妙了！」

目送被抓住手拖著走的我，克莉絲抓了抓臉頰，陪著笑臉說：

「助、助手老弟，那你加油嘍！對了，我會把搶到的神器送到絕對不會被任何人偷走的地方去，這個你不用擔心。那、那麼，我就此告辭……」

「……等一下，克莉絲。」

「……！什、什麼事？」

原本準備緩緩走出房間的克莉絲抖了一下。

「妳瞞著我的事情只有這樣了嗎？沒有別的事情了嗎？」

「呃……」

「還有對不對？是什麼，妳到底還瞞著我什麼！我和妳的交情都這麼久了，妳在碰到麻煩的時候會有什麼小動作我很清楚！沒錯，就是像妳現在這樣，在抓妳臉上的疤痕的時候！快說！妳還有事情瞞著我對不對！」

遭到逼問的克莉絲在顯得不知所措的同時，不知為何對我投以求救的眼神。

就算克莉絲這樣看我也沒用啊，我又不知道她隱瞞了什麼，所以也無法幫她打圓場……

這時，克莉絲指著我說：

「除了神器以外，助手老弟還偷了別的寶物！」

「啊啊啊啊啊！妳這個叛徒！」

「混帳，你還偷了別的東西嗎！這樣不就真的只是盜賊了嗎！拿出來！你到底偷了什麼東西走！」

我也只能認了，心不甘情不願地交給她一本書。

達克妮絲快速翻過我交給她的那本書。

「你這個傢伙……」

達克妮絲當場虛脫，癱坐在地時，克莉絲輕聲說：

「啊……對喔，這麼說來，你還偷了這個呢。」

「咦？」

「……哦？怎麼，還有別的東西嗎？」

聽克莉絲這麼說，達克妮絲再次站了起來，將手伸到我面前。

我偷了別的寶物？

到底是什麼……

「喔，啊啊！什麼嘛——這樣啊，原來是在說這個啊，妳是說那個時候我從愛麗絲身上偷到的這個東西吧。」

說著，我將我從愛麗絲身上偷來的東西交了出去。

是那個時候愛麗絲戴在身上的戒指。

那個戒指在愛麗絲迎擊我和克莉絲的時候閃閃發亮，由此看來應該是某種魔道具吧。

達克妮絲先是皺著眉頭，緊緊盯著放在掌心的戒指看。

「……！你你、你、你……！你從愛麗絲殿下身上……偷了這個東西？」

「是、是啊……別這樣好嗎，那是什麼反應啊？那種反應比我惹妳生氣時還要可怕好嗎！這個東西有那麼不得了嗎？吶，妳只是想嚇我對吧？」

茫然望著戒指半晌之後，達克妮絲輕輕將戒指交給了我。

「聽好了，和真。千萬別弄丟那枚戒指喔。還有，別被任何人發現你有那枚戒指，死了也要帶到墳墓裡去。」

「喂，妳夠了喔！如、如果這是那麼重要的東西，我們就說是在路邊撿到的，現在立刻拿去還不就好了？」

「蠢材！這是王族從小便一直貼身攜帶，只有在訂立婚約的時候才會拿下來，交給未來的伴侶的東西。這種東西怎麼能被賊人搶走，還被冒險者隨便在路邊撿到……！……就算是出自善意送回去，你也會被殺人滅口吧。」

「那是怎樣，太可怕了吧！啊，克莉絲！妳想上哪去啊，喂！都是妳把我捲進來的，妳要負責溜進愛莉絲的房間把這個還回去！」

「我才不要，太可怕了！為什麼你的竊盜技能老是偷些不應該偷的東西啊！應該說，達克妮絲也變了，沒想到居然會建議人家湮滅證據，妳到底是怎麼了？妳以前應該更古板一點才對啊，該說妳待人處世變得比較圓滑了嗎……感覺好像受到助手老弟的不良影響了呢。」

「啥……！等、等一下，我自己沒有感覺耶，我有變那麼多嗎？難道，我在擔心愛莉絲殿下受到不良影響之前，應該先擔心自己嗎！」

我沒有理會看似大受打擊的達克妮絲，對著光看著那枚戒指。

「……沒辦法了，回到豪宅之後就把這個埋進庭院裡好了。這樣一來就不會被任何人發現了吧。」

「你在說什麼傻話啊！那可是愛麗絲殿下一直戴在身上的寶貴戒指耶！你必須視其為最重要的東西，無論發生任何事情都得貼身帶著！而且絕對不能讓任何人發現！」

「這是哪門子懲罰遊戲啦！真是夠了，我知道了啦，那另外一個寶物可以還給我吧？事到如今也不能把那個拿到城裡去還吧？」

「「…………」」

聽我這麼說，她們兩個互看了半天——

——和達克妮絲一起來到王城的我，因為剛才體驗過什麼叫活地獄，而成了行屍走肉。

「喂，你給我適可而止，好好走啦！在愛麗絲殿下面前要打起精神來喔！」

「嗚……嗚……為什麼啦……妳們有必要故意燒掉嗎……這次我祕密拯救了這個國家的危機，而那形同是我唯一的報酬啊……」

「你到底要哭哭啼啼到什麼時候啊，難看死了。你製作的這個叫作打火機的東西這麼快就派上用場了呢。嗯，這真是好東西。」

「我做這個又不是為了讓妳燒書……嗚……嗚……我的寶物啊……」

原本想當成傳家之寶的那本書被她們兩個燒掉了，害我完全拿不出幹勁來。

克莉絲說，她要在王都開始大肆懸賞銀髮盜賊之前離開這裡。

她還說如果改變心意就會回到阿克塞爾，所以我們應該有機會再見面吧。

說來說去，和克莉絲搭檔還是有點開心。

要是我的真實身分曝光，也被通緝的話，到時候真的和她一起組成盜賊團好像也不錯。

我一邊想著這些，一邊跟在達克妮絲後面走。終於，達克妮絲在愛麗絲的房間前面停下了腳步。

「……帶著現在這種狀態的你進去應該會有諸多不便吧。我去向殿下說明神器的事情，你乖乖待在這裡。」

「……妳到底是為了什麼把我帶來的啊？現在的我正在自暴自棄喔。被妳帶到這裡來又放我一個人的話，我也不知道自己會在城裡做什麼喔。」

「你是三歲小孩嘛！真拿你沒辦法……可別做多餘的事情喔。我打算演一場戲，說明那個神器的危險，並且提出義賊的目的是拯救愛麗絲殿下的可能性。要是你在這種時候耍蠢，事情可會變得很嚴重喔！」

我推開如此拚命說明的達克妮絲，擅自打開了房間的門。

「蠢材！哪有人進房間不先敲門的！……愛麗絲殿下，我是達斯堤尼斯！這次來是有急事要向您報告！」

我和達克妮絲走進房間裡，看見的是——

「還好啦，有我在就可以輕鬆搞定！就是這麼回事，那個危險的神器已經被我完全封印，再也沒有辦法使用了，所以妳儘管放心吧！真是的，那些盜賊是怎樣啊，居然看上那麼不得了的東西！」

「紅魔族是魔道具領域的專家，身為紅魔族的我向妳保證。那麼強大的神器，已經沒有人做得出來了。也就是說，這件事就到此結束了！」

這次明明沒做什麼卻一臉跩樣的阿克婭和惠惠，在愛麗絲她們面前擺出一副不可一世的態度。

「不愧是阿克婭小姐和惠惠小姐！這樣我們就可以放心了。聽阿克婭小姐說明了那個魔道具真正的力量之後，嚇得我臉色發白呢。」

蕾茵鬆了一口氣，露出放心的笑容。

「……不過，那兩個義賊的目的是什麼呢？光聽坊間的評價，我實在不覺得他們是會濫用那個神器的人……嗯？達斯堤尼斯爵士……怎麼，你這個傢伙也來啦。」

至於克萊兒，則是一樣用著嚴苛的遣詞用字。

看來，她們已經聽阿克婭提過神器的危險性了。

「我得到的情報指出，針對那個神器調查的結果，發現那是非常危險的東西，所以前來報告……看來，似乎已經沒有必要了呢。」

知道沒必要演戲之後，達克妮絲在愛麗絲她們面前鬆了一口氣。

「……說不定他們是來救我的呢。他們知道那條項鍊真正的力量，但若是老實告知其危險性又難保遭人濫用……」

在房間中央被大家包圍的愛麗絲，不知為何，看著我這麼說……

這該不會是……早就發現賊人的真面目的狀況吧？

「愛麗絲殿下，這樣實在是您多慮了吧。即使是受到民眾讚揚的義賊，也不可能為了這種目的甘犯危險，特地潛入王城裡面來吧。」

說完，克萊兒心有不甘地閉上眼睛。

「……如果真是這樣的話，我也不得不承認，他們兩位確實是了不起的男人了……」

儘管心有不甘，克萊兒還是略帶敬意地輕聲這麼說。

在我的心目中，對克萊兒的好感度原本是最低的，現在稍微上升了一點。

「不過，那兩個人究竟是何方神聖呢？我對高等級冒險者的了解算是相當詳細，但是我完全想不到有誰那麼厲害。尤其是那位面具男子……我和他對峙的時間相當短暫，不過他在那一瞬間便從相當遠的距離準確擊碎了我的法杖。」

怪了，這是怎樣。該怎麼說呢，總覺得怪難為情的。

「妳說那個戴面具的人啊！他超帥氣的對吧！那副面具和那身黑衣，劇烈地觸動了我的心弦！下次遇見他，我一定要向他要簽名！」

「惠、惠惠小姐，他好歹也是罪犯好嗎……話雖如此……那個戴面具的賊人確實相當厲害……他就連對付御劍大人的時候也沒有帶武器，卻能夠瞬間讓對手失去戰力，城裡的騎士們也被那個男人解決掉一大半……」

惠惠和克萊兒這麼說著，兩人同時發出讚美的嘆息。

糟糕，怎麼辦。我好想說其實我就是面具男喔，好想這樣炫耀喔。

「和真是怎麼了？幹嘛那樣傻笑啊，噁心死了。」

從昨天到現在依然抱著酒瓶不放的阿克婭這麼說。

這個傢伙是怎樣，乾脆搶走她的酒瓶好了。

這時，因為阿克婭那麼說，克萊兒也狠狠瞪了我一眼。

「真的，你在傻笑什麼啊。太可惜了，難得有這麼一個逮捕義賊的好機會……話說回來，要對付那位面具男的話，我想就算你在場也成不了什麼事吧。啊啊……真是太遺憾了，為什麼那個男人在幹盜賊這種勾當呢？如果他不是罪犯，我肯定會將他請回家當食客……真希望有朝一日能夠再見到他……」

說到最後，她的臉頰微微泛紅，讓我首次見到有著女人味的一面。

這個人是怎樣，到底想貶我還是褒我，選一邊好嗎？

達克妮絲在我身旁保持沉默，表情相當微妙。

……這時，愛麗絲猛然往我這邊靠了過來。

「真的，那位義賊真是太帥氣了。」

她直視著我，同時這麼說。

奇怪，這是怎樣？

看來她真的察覺到我的真實身分……

「這只是我自己的想像……不過，我覺得他們兩位是擔心我才會那麼做的……我好像，喜歡上那位義賊了呢……」

好，我就跳出來承認吧。

我準備從行李裡面拿出面具，而達克妮絲發現了我的動作，拚命從背後架住了我。

為了讓礙事的達克妮絲安靜下來，我準備施展「Drain Touch」……！

「他現在不知道在做什麼呢…………那位銀髮的頭目先生……」

……然後在出招之前，輕輕把手放下。

我就知道會是這樣！

這時，看著舉止怪異的我，愛麗絲漲紅著臉，低下頭，肩膀不停的小幅抖動。

……喂，她這是在笑吧。

接著，愛麗絲的肩膀不再抖動。她抬起頭，看著意志消沉的我的眼睛，以微微顫抖的聲音說：

「……兄、兄長大人。我有一件事情想拜託你。」

「愛、愛麗絲殿下？」

對於這非比尋常的氣氛，克萊兒困惑地叫了愛麗絲。

除了硬是把我帶來這裡那次以外，至今未曾耍過任性的愛麗絲。

她像是下定了決心似的，一臉認真地緊緊握著拳頭。

就在她準備開口的那一刻。

「愛麗絲殿下。在愛麗絲殿下開口以前，我有件事想先稟告殿下。」

我身邊的達克妮絲蓋過了愛麗絲的話語，如此表示。

在大家的注視之下，達克妮絲迅速單膝跪地，瞄了我一眼之後……

「這位名叫佐藤和真的人士，一路打倒了許多魔王軍幹部。同時，他也有可能是終將打倒魔王的人。雖然這是極為困難，非常人所能辦到的偉業……但既然這個人立志挑戰這樣的困難，您是不是能勉勵他幾句呢？」

這個傢伙沒頭沒腦的在說什麼啊？

我要打倒什麼？

「……打倒魔王？真的嗎？兄長大人，你真的想要打倒魔王嗎？」

怎麼連愛麗絲都這樣，一臉認真地說出這種話來？

這還用說嗎，那種事情我當然辦不到……

「這、這個嘛，要是有那個機會，討伐魔王這種事情……我也不是……不願意……？」

看著愛麗絲的眼睛，我的回答卻逐漸變得這麼不乾不脆。

聽見我這麼說，克萊兒在後方嗤之以鼻，像是在笑我無聊。

但是……

「這樣啊……如果是兄長大人一定辦得到。討伐魔王的工作，就再請你多加努力了……

願神守護兄長大人武運昌隆！」

說著，愛麗絲露出滿面的笑容，於是所有人都無話可說了。

——不，有個傢伙有話要說。

「兄長大人東、兄長大人西的，妳也差不多該改掉那個稱呼了吧！妳明明就有一個親哥哥，去和妳的親兄長大人膩在一起不就好了嗎？聽妳這樣叫，總是讓我覺得自己的存在受到威脅，害我聽了就煩！魔王那種傢伙總有一天會被本小姐解決掉，輪不到和真出馬啦！」

不知為何氣沖沖的惠惠突然說出這種蠢話。

「兄、兄長大人就是兄長大人，我稱呼兄長大人為兄長大人沒有任何不妥！而且，要是妳打倒魔王就沒意義了，我希望是兄長大人打倒魔王！」

「才剛叫妳改掉就給我連續叫了好幾聲兄長大人，妳這是想找我打架對吧！」

「妳、妳想動手嗎？王、王族可是很強的喔！」

她們兩個突然扭打在一起，惹得達克妮絲和克萊兒連忙制止。

「喂，惠惠快住手，妳昨天不是才在不知不覺間和愛麗絲殿下變得感情很好嗎，怎麼今天又突然開始打架了，到底是什麼意思啊！」

「愛麗絲殿下，請您冷靜！您明明從來都沒有打過架的，怎麼突然做出這種舉動呢！」

我為了改變話題，對呼吸急促的愛麗絲重提剛才那件事。

「……所以，妳想拜託我的是什麼事情？說說看啊，任何事情都可以喔。」

我有點期待她想拜託我什麼事。

從她剛才的反應來看，很有可能是想要我繼續留在城堡裡面……！

「我想拜託的……我想拜託你的事情是……」

明明是她自己說有事相求的，不知為何，愛麗絲卻思考了一下。

「那個遊戲還沒分出勝負。將來有一天，請你再和我比一次。」

然後帶著少女應有的戲謔笑容，對我這麼說——

幕間

貪婪的貴族與壞掉的惡魔

充滿霉味的地下室，斷斷續續地傳出「咻——咻——」的喘氣聲。

真的是無論什麼時候聽了都是令人不悅的聲音。

「喂，馬克士……快醒來，馬克士！」

我踢了發出令人不悅的聲音的那個傢伙一腳，他便若無其事地挺起身子。

「咻……咻……有、有事嗎，阿爾達普？你找我有什麼事嗎？啊啊，你今天散發出來的情感依然令我心曠神怡呢，阿爾達普！」

聽了只讓我覺得被瞧不起的這番話，我忍不住踹了眼前的惡魔一腳。

惡魔。

沒錯，這個噁心的男人是惡魔。

乍看之下，他是個五官端正到令人害怕的青年，卻像是欠缺情感般面無表情，總是讓我微微有種莫名的噁心感。

「沒有事情的話，誰會來找你這種傢伙啊……有工作了，我的神器好像被不知道哪裡來的盜賊偷走，還施加了封印。你得去拿回那個東西，並且解開封印。聽懂了沒？」

「咻……咻……阿爾達普、阿爾達普！這件事我辦不到啦，阿爾達普！我又不知道神器在哪，而且一般來說根本不可能封印住神器。要是真的被封印住，我根本無計可施……！」

我奮力踹了那個開始找藉口說個沒完的惡魔一腳。

「連這種事情也辦不到嗎，你這個沒用的傢伙！你到底要到什麼時候才能夠實現我的願望啊！拉拉蒂娜！你也該把拉拉蒂娜帶過來了吧！為什麼連這麼簡單的事情都辦不到啊！」

「咻……咻……咻……咻……」

我踢了他一腳又一腳，那個噁心的惡魔抱著頭，蜷曲著身子。

這個惡魔是笨蛋。

是個無可救藥的笨蛋。

他無法記憶，會立刻忘記我下達的命令。

唉……唯有那個神器，無論如何我都得拿回來才行。

之前的事情全都進展得太過順利，害我一時不小心就過於大意了。

早知道就不要突然好高騖遠，覬覦王子的身體了。

占據和拉拉蒂娜訂定婚約的王子的身體，得到我一直想要的一切。

面對這個能夠一次得到一切的機會，我不禁衝動了。

結果，神器被不知道打哪來的盜賊搶走，落得這個下場。

一旦神器到了王子手上，之後只要唸出咒文，再破壞這個身體，就可以得到一切了。

現在再怎麼後悔也來不及了，總之得先找出神器的下落才行。

唉，早知道會變成這樣，真不應該藏而不用，先和我兒子巴爾特交換身體就好了……

要是神器就這樣回不來，我特地把那個傢伙撿回家就沒意義了。

尋找長相出眾又優秀的小孩也花了我不少苦心呢。

追根究柢，要是巴爾特和拉拉蒂娜的相親成功的話，我也不需要這樣鋌而走險了……！

「拉拉蒂娜！拉拉蒂娜！妳是屬於我的啊，拉拉蒂娜！妳知道我到底是從多久以前就看上妳了嗎？妳知道嗎？拉拉蒂娜！」

我在昏暗的地下室裡放聲怒吼，發洩著失去神器的怒氣。

「咻——咻——！咻——咻——！太了不起了，阿爾達普！我最喜歡忠於慾望又殘虐的你了，阿爾達普！我好想早日實現你的願望，回收報酬啊，阿爾達普！好了，快給我工作吧，阿爾達普！說出你的願望吧，阿爾達普！阿爾達普！」

噁心的惡魔如此呼喊。

這個傢伙究竟是怎麼回事啊？

健忘到不行，無論實現了我的願望幾次，還是會連實現過這件事都忘記的無能惡魔。

要不是可以隨便賴帳，我早就召喚別的怪物了。

我手裡的圓形石頭……

能夠隨機召喚怪物並使喚之的神器，在我的手裡滾來滾去。

「我的願望只有一個！把拉拉蒂娜帶過來！她是屬於我的！」

我對著那個噁心的惡魔，大聲許出不知道是第幾個願望。

尾聲1

——賞賜給勇者的報酬——

在蕾茵施展的瞬間移動魔法的魔法陣消失的同時，四下立刻變得一陣寂靜。
光是他們幾位在與不在就有如此的差別，說起來也挺厲害的。
「愛麗絲殿下。那個……還請您別太沮喪……」
克萊兒對著一直盯著原本有魔法陣的地方看的我這麼說。
「自從那個男人來了以後，愛麗絲殿下看起來真的很開心、很幸福，這一點我很清楚。然而……殿下和那個男人，原本就是不同世界的人。要是愛麗絲殿下對特定的異性有了感情，在出嫁時一定會更加痛苦。殿下想怎麼責罵，我都願意承擔。但是，還請您諒解……」
說著，克萊兒視線一沉，深深低下頭。
就連她身邊的蕾茵也低下了頭。
「我沒事的，妳們兩位都抬起頭來吧。」
聽我這麼說，她們才緩緩抬起頭來。
光是看見她們兩位難受的表情，就可以知道她們有多麼為我著想，還有下定這個決心有多麼艱困。

我一點也不埋怨她們。

不但不埋怨，就連埋怨的必要也沒有。

我將自己的左手高舉向天，望著自己的手指。

只有左手的無名指，有一部分比別的地方要顯得白皙。

因為長久以來一直帶在身上的戒指的遮蔽，只有那裡曬不到太陽……

「……！非、非常抱歉！這次都是因為我們力有未逮，才會讓殿下最重要的戒指被賊人給奪走……！」

「若是為了彌補這次的失態，任何事情我們都願意接受……！」

看見我望著戒痕，似乎讓她們深感自責。

不過，我並不是因為戒指被偷而難過……

「妳們兩位都已經相當努力了。儘管王都的高強冒險者都住在城裡也沒能攔阻他們，所以無論是任何人指揮，我的戒指都會被搶走吧。父親大人回來之後，我也會勸他別追究妳們的責任。所以，妳們別放在心上了好嗎？」

聽我這麼說，克萊兒反而更顯拘謹，整個人都縮在一起了。

克萊兒這個人非常優秀，但就是略嫌死板。

也許她應該暫時和那個人一起行動一段時間，讓想法變得靈活一點比較好。

沒錯，就像拉拉蒂娜那樣。

「感謝殿下諒解……殿下不僅失去了最重要的戒指，還得面對和那個男人別離…………愛麗絲殿下，要是那個男人再次建立了葬送魔王軍幹部之類的功績，您還是有機會能與他見面的……」

克萊兒一臉歉疚地這麼安慰我。

——葬送魔王軍幹部。

這絕對不是什麼簡單的事情，但是那個人一定又會輕鬆達成吧。

「說的也是。我覺得，過不了多久我們就會再見面了吧。」

我笑著對克萊兒這麼說，克萊兒便露出了痛苦的扭曲表情。

這時，蕾茵為了鼓勵我，裝出開朗的聲音說：

「話說回來，看了愛麗絲殿下最近的改變，我原本還以為殿下會在與和真先生別離時耍什麼任性，已經有所覺悟了呢……結果出乎我的預料，相當乾脆呢。我原本還擔心和真先生對殿下造成了不好的影響，看來是杞人憂天了。」

說著，她輕鬆地營造出爽朗的氣氛。

「因為，我已經和兄長大人約定好了。」

我帶著笑容如此回答她們兩位。

「約定……喔喔，下次一定要在遊戲上一決勝負的那件事嗎？愛麗絲殿下，請您一定要勝過那個男人！」

看來，克萊兒想到的是另外一個約定……

──自古以來，這個國家一直有個習俗。

打倒了魔王的勇者可以得到一個獎賞，就是娶公主為妻的權利──

……我又看了戒痕一眼，以她們兩位聽不見的聲音自言自語：

「哥哥……你要好好保管那枚戒指喔。」

尾聲2

夢醒之後徒留戒指

被蕾茵的瞬間移動魔法送回阿克塞爾的我們，回到了豪宅。

「啊啊啊啊啊啊啊啊啊啊啊啊啊啊啊——！」

我跳上豪宅的沙發一躺，一面胡亂揮動手腳，一面放聲大叫。

瞥了這樣的我一眼，達克妮絲坐在椅子上喝了一口紅茶。

「喂，你很吵耶。這樣會吵到鄰居，要叫去城鎮外面叫完再回來。」

「開什麼玩笑啊，臭婆娘！竟然在關鍵時刻跳出來攪局！要不是妳說了什麼又魔王又怎樣的蠢話，愛麗絲肯定會拜託我別的事情！比如說想和兄長大人在一起，想和兄長大人交往，想和兄長大人一起睡覺之類！」

「你剛才說的話已經遊走在法律邊緣嘍！可別忘了愛麗絲殿下現年十二歲！再說了，根本不可能像你說的那樣。那個時候殿下想拜託你的事，充其量是『請直接留下來讓我僱用你當這個城堡的小丑』之類的吧。而且你和愛麗絲殿下一起生活的時間也不過一個星期左右吧？你有信心可以在這麼短的時間內，讓異性喜歡你到那種程度嗎？好好認清現實吧……

乖，我泡茶給你喝就是了，稍微冷靜一點吧。」

「我之前過的還是和公主住在一起的夢幻生活耶，不要突然把我拉回現實啦！我一點也不想聽那種正確的道理，我們才剛分開耶，讓我多作一下夢又不會怎樣！」

沒有多看爭論不休的我們一眼，惠惠在我身邊坐了下來。

「惠惠也一樣，我知道妳很容易生氣，但是也不用在最後一刻吵成那樣吧？」

「那只是同為妹妹路線的兩人之間無法退讓的戰鬥罷了。應該說，她和我一起去王都的時候，原本還玩得很開心，最後卻沒辦法讓她大展身手對付那些小流氓。所以那算是我的一點餞別啦。」

「妳明明就是蘿莉路線！」或是「別教壞人家公主殿下啦！」諸如此類的吐嘈點實在太多了，不過說來說去，這個傢伙還是在不知不覺間和愛麗絲培養出感情來了呢。

畢竟年紀相近，她們之間大概有種類似朋友的感覺吧。

和朋友道別的時候就會想裝沒事，或許也有這樣的成分在裡面。

我一邊接過達克妮絲泡好的茶一邊這麼想，這時惠惠拿出一張紙，然後在紙上認真寫起東西來了。

我在旁邊偷看了一下，從文面看來應該是要寫給某個人的信。

一定是想寄給愛麗絲的吧。

我一邊喝著茶，一邊想著這個傢伙還真不老實，不禁苦笑。

這時，阿克婭雀躍不已地從廚房拿來了酒杯，將她一直抱著的酒瓶和酒杯一起輕輕放在桌子上，然後在沙發上坐下。

「惠惠，妳在寫什麼啊？……我知道了，妳想寫信給公主殿下對吧？昨天在派對結束之後，妳好像也在公主殿下的房間裡和她聊天，她也叫妳惠惠小姐，感覺妳們的感情已經很好了呢。」

對此，一臉認真的惠惠一面振筆疾書，一面開口說：

「不，這是粉絲信。為了有朝一日遇見那位面具盜賊的那一刻，現在就要做好準備，才能隨時將這封信交給他。」

我和達克妮絲把喝到一半的茶噴了出來。

「呼哈……！咳呼……惠、惠惠，妳就那麼喜歡那個面具義賊嗎？寫粉絲信這種事情我無法苟同，對方可是名符其實的罪犯喔。」

看來，達克妮絲似乎不打算揭穿面具義賊的真實身分就是我這件事。

「與其說是喜歡，不如說是現在這個世道已經很少有那種特立獨行的人了。即使以紅魔族的眼光看來，那種怪胎也相當罕見。而且僅僅兩個人，竟然闖進城堡裡開無雙，這種人我想不支持都不行吧。與其說是看待異性的喜歡，感覺還比較像是支持自己崇拜的英雄吧。」

……怎麼辦，好像真的越來越不好意思公開真實身分了。

這時，隨著「砰」的一個乾響，大廳裡盪漾著馨香的微醺。

似乎是阿克婭打開了酒瓶。

「喂，那聞起來很香耶。也讓我喝一點吧。」

「……阿克婭大人，還請您賞小的喝一點吧，求求您──是這樣才對吧？」

……好，我決定搶過來了。

我站起來準備搶走酒瓶，阿克婭連忙蓋起瓶子抱進懷裡，整個人像隻小烏龜一樣，縮了起來。

「喂，不准抵抗，乖乖交出來！」

「不要──！住手，我只求你不要搶這個！拜託，要我做什麼都願意，就真的不要搶走這瓶酒！」

阿克婭的話再加上那個姿勢……這副模樣要是讓不知情的人看見了，大概會覺得我在做什麼極度殘暴的惡行吧。

我抓著縮成一團的阿克婭的肩膀猛搖，這時達克妮絲紅著臉不斷互蹭雙腿，同時拍了拍我的肩膀。

「……我也想玩這種情趣遊戲，我可以付你錢……」

「誰在跟她玩情趣遊戲了！妳這個傢伙，在王都的時候明明還頗帥氣的，現在是怎樣啊！真是的……喂，阿克婭！」

無論我怎麼對付阿克婭她都文風不動，所以我只好提出妥協方案。

「你在王都提過一個叫麥可大叔的人開的酒鋪對吧，我現在就去那裡買好喝的酒回來。然後，我們就賭彼此的酒來一決勝負。再怎麼說，這次妳也表現得很好，所以我可以一決勝負的時候做些讓步，當作獎賞。」

聽我這麼說，阿克婭戰戰兢兢地抬起頭來，觀察著我。

「……真的嗎？和真居然為了和我一決勝負說要跑出去買酒，還真難得啊。我看背後其實有什麼陰謀吧？」

這個傢伙姑且好像還是有學習能力。

不過，照這樣看來，只要再加把勁她就會上鉤了。於是我想了一個冠冕堂皇的理由。

「再怎麼說，我們這次也算是拯救了王都的危機不是嗎？然後又像這樣平安歸來了，總是該好好慶祝一下嘛。無論如何，那瓶酒也不夠三個人分吧。」

「等一下，難不成你少算一個人的意思，是又打算要讓我一個人沒酒喝，只能喝飲料嗎？而且說什麼平安歸來不歸來的，和真明明就被狗頭人殺掉了。」

「吵、吵死了！我現在就是像這樣活得好好的，算成平安不就好了！而且無論如何，惠惠現在都還不到喝酒的年紀，我幫妳買冰冰涼涼的尼祿依德回來，妳就將就一下吧。」

我故意忽略自己的年紀而這麼說，惹得惠惠將寫到一半的信用力拍在桌子上。

「我這個年紀都可以結婚了！不過就是酒，我也可以喝！我們就來比拚酒決勝負吧！」

不愧是異世界。這麼說來，惠惠這個年紀已經可以結婚了呢。

「嗚、喂，再怎麼說，惠惠還是不應該喝酒吧……不過，要好好慶祝是吧。這次，我們防範了不知道哪來的奸賊的陰謀也是事實。好，我幫大家準備一些下酒菜吧。難得回來了，今天來辦個宴會應該也不錯。」

說完，達克妮絲站起來走向廚房。

這時，聽見宴會兩個字的阿克婭突然坐立難安了起來。

「……吶，和真也一個星期沒回來這裡了，我看就別分什麼勝負了，如果只有一點點的話，要我分酒給你們喝也不是不行喔。」

說著，阿克婭雀躍不已地把酒瓶放到桌上。

這種時候我應該嗆說讓妳撿回一條命了，但是我今天還是比較想和大家好好喝一杯。

儘管時間不長，不過我有了一個夢寐以求的妹妹，而且又剛和她分開，至少今天，我想和大家……

「那麼，我去買酒回來吧。要是讓和真去的話，真的只有我的飲料會變成尼祿依德！」

惠惠這麼說完，便衝出豪宅。

不久之後，廚房飄出東西烤熟的香味。

「這樣酒有著落，下酒菜也準備好了。要辦宴會的話，再來就只缺才藝了吧……」

回到這種一如往常的日常之中，就讓我覺得在王都的那些日子會不會都是在作夢。

我真的和公主一起生活過吧……

而且，那位公主還叫我兄長大人，對我抱持著傾慕……

我拿出能夠證明那不是一場夢的戒指，感慨萬千地望著——

然後，就被到處張望，正尋找有沒有東西可以拿來表演才藝的阿克婭發現了。

「啊，和真，那枚戒指借我一下吧？借給我的話，我就讓你看一招超級精采的才藝。」

我對她的超精彩才藝是很有興趣，但這個傢伙用戒指表演的才藝不就是……

在阿克婭對著戒指伸出手的同時，我連忙將戒指收了回來——！

後記

大家好。我是載歌載舞的小說家，曉なつめ。

為了隨時被召喚到異世界都能夠應對，我決定鍛鍊身體。

聽說突然開始運動反而對身體不好，所以為了熱身，我先從大量閱讀格鬥漫畫開始。

要是下一集遲遲沒有出版，就請各位認為是「哎呀，作者被召喚到異世界，當格鬥士去了」吧。

……先別管這種莫名其妙的作者近況，還是來報告一下和作品有關的消息吧。

在這一集上市的同時，「虎之穴」也將推出廣播劇ＣＤ的樣子。

腳本是根據我的小說新稿寫成，各位有興趣的話也請聽聽廣播劇ＣＤ才有的故事吧。

順道一提，由渡真仁老師負責的漫畫版單行本第一集也將在下個月上市。

敬請期待和真等人在漫畫裡冒險的模樣。

這麼說來，之前我還準備了異世界展要用的簽名板。

我完全沒想過自己的人生當中竟然會有必須簽名的一天，所以經過練習又練習，為了避免失敗，連備用的簽名板都準備好了，結果完成了準備工作之後，才收到了編輯部送來的插畫簽名板。

不但準備好的簽名板白費了，又得在絕對不能失敗的壓力之下一邊發抖一邊簽完名。下次要是有和簽名相關的工作，我想哭著抵抗看看。

——好了。

這次同樣以三嶋くろね老師為首，加上責編、設計、校閱，以及編輯部的各位，集合了許多人的力量才能夠順利出版這一集，真是相當感謝。

不知不覺中，我的作家資歷也邁入第二年了，今後也請各位多多指教。

而最重要的……

就是拿起本書的各位讀者。我在此致上由衷的感謝——！

曉なつめ

後記

真想被愛麗絲叫哥哥。

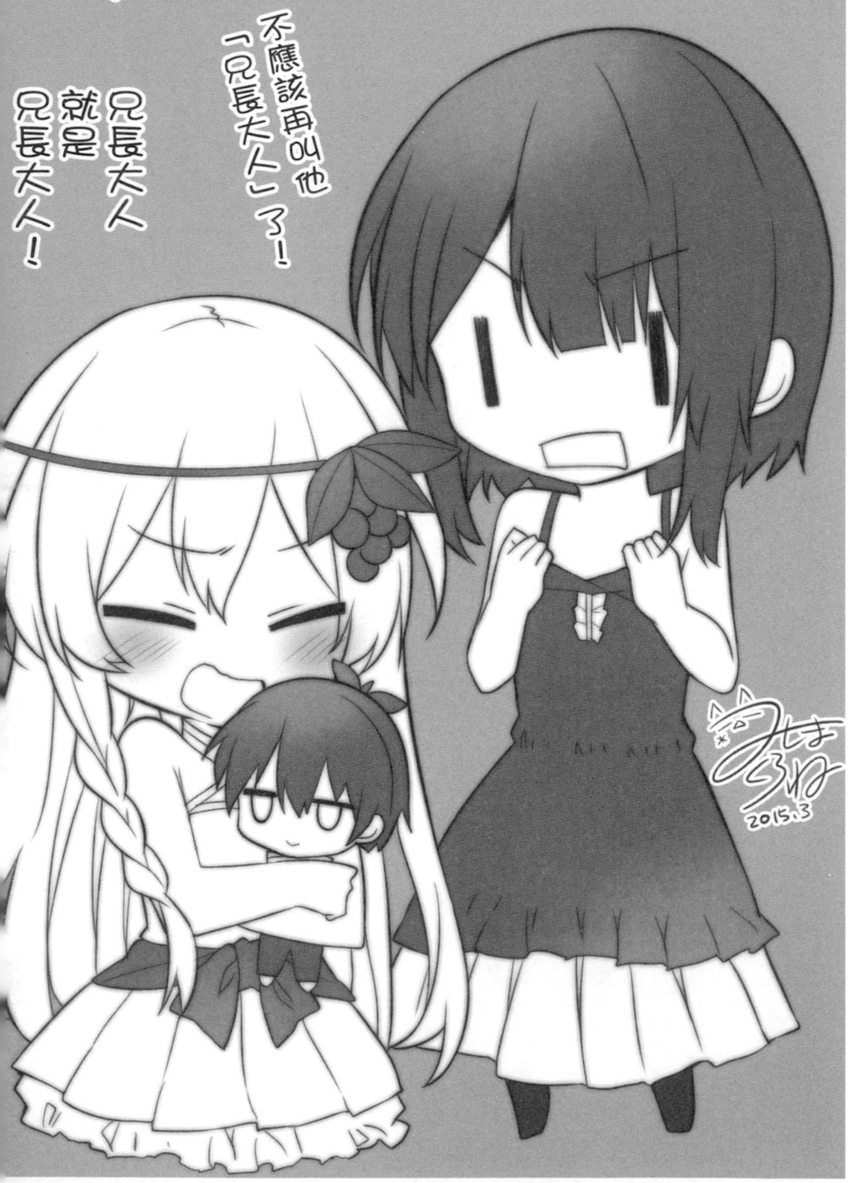
不應該再叫他「兄長大人」了！
兄長大人就是兄長大人！
2015.3

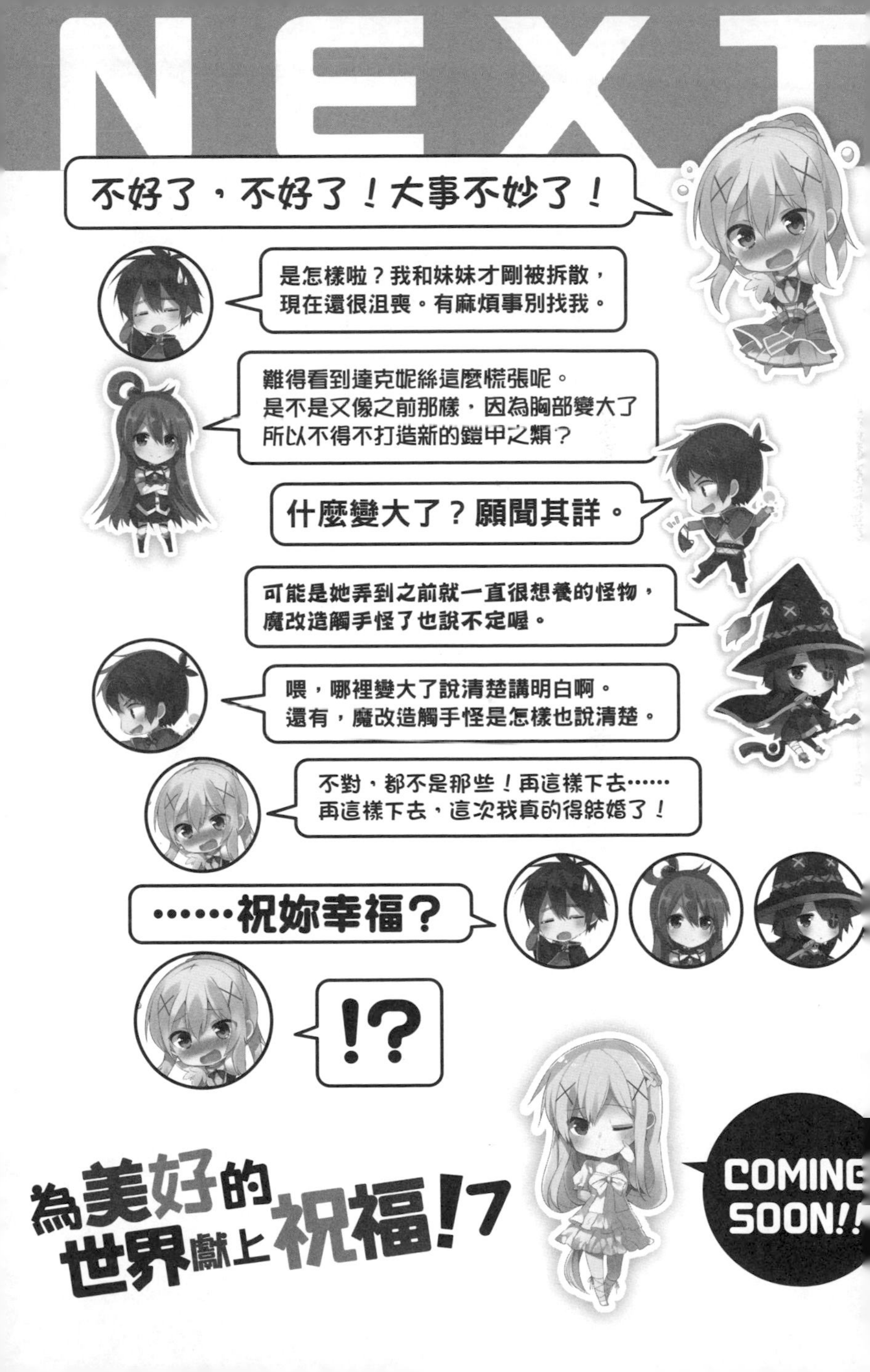
NEXT
不好了，不好了！大事不妙了！
是怎樣啦？我和妹妹才剛被拆散，現在還很沮喪。有麻煩事別找我。
難得看到達克妮絲這麼慌張呢。是不是又像之前那樣，因為胸部變大了所以不得不打造新的鎧甲之類？
什麼變大了？願聞其詳。
可能是她弄到之前就一直很想養的怪物，魔改造觸手怪了也說不定喔。
喂，哪裡變大了說清楚講明白啊。還有，魔改造觸手怪是怎樣也說清楚。
不對，都不是那些！再這樣下去……再這樣下去，這次我真的得結婚了！
……祝妳幸福？
!?
為美好的世界獻上祝福！7
COMING SOON!!

為美好的世界獻上祝福！
暁 なつめ
illustration 三嶋くろね
絶贊熱銷中!!
「你要不要去異世界？可以帶一樣喜歡的東西過去喔。」
「那……就妳吧。」
（廢柴）家裡蹲就此跟（沒用）女神轉生異世界去了……!?
即使組成一群問題勇者，還是要拯救這個美好世界！
廢柴系ww
最搞笑的異世界喜劇!!

為美好的世界獻上祝福！外傳
曉なつめ
為美好的世界獻上爆焰！
illustration 三嶋くろね
好評大熱賣!!
《為美好的世界獻上祝福！》惠惠視角的衍生外傳登場！
「——請妳教我剛才的魔法。」
在此即將揭開紅魔族首屈一指的天才魔法師惠惠
一日一爆裂的真相……！
小説家になろう
出自「成為小説家吧」網站
©2013、2014 Natsume Akatsuki, Kurone Mishima

Kadokawa Light Novels

八男？別鬧了！ 1 待續

Kadokawa Fantastic Novels

作者：Y.A　插畫：藤ちょこ

25歲上班族轉生異世界的5歲男童求生記
日本網路小說逾八千九百萬次點閱率！

一宮信吾是個平凡的二十五歲上班族，某天早上醒來卻發現自己換了一個截然不同的人生！他置身彷彿歐洲中世紀的魔法異世界之中，並轉生為貧窮貴族排行第八的兒子，不但無法繼承家門和領地，連吃飽都成問題，還得學習魔法自力更生才行……

NT$200/HK$60

台灣角川

Kadokawa Light Novels

盜賊神技~在異世界盜取技能~ 1~3 待續

Kadokawa Fantastic Novels

作者：飛鳥けい　插畫：どっこい

誠二與莉姆兩人各自邁向的道路前方究竟是——

轉生至異世界後，誠二在每日的生活中逐步鍛鍊自己。前往王都的他終於在那裡碰上了伊莉絲最強悍的種族「龍人」！面對堅硬的外殼就如鎧甲一般，技能、種族或戰鬥經驗都占了壓倒性優勢的龍人，誠二要如何戰勝……!?

台灣角川

各 NT$200~240/HK$60~75

國家圖書館出版品預行編目資料

為美好的世界獻上祝福!. 6, 六花的王女 / 曉なつめ作 ; kazano譯.
-- 初版. -- 臺北市 : 臺灣角川, 2016.01
面； 公分
譯自 : この素晴らしい世界に祝福を!. 6, 六花の王女
ISBN 978-986-366-907-4(平裝)

861.57 104026090

Kadokawa
Fantastic
Novels

為美好的世界獻上祝福！ 6
六花的王女

（原著名：この素晴らしい世界に祝福を！6 六花の王女）

2016年2月10日 初版第1刷發行
2023年9月22日 初版第15刷發行

作　者：暁なつめ
插　畫：三嶋くろね
譯　者：kazano

發行人：岩崎剛人
總編輯：蔡佩芬
副主編：楊鎮遠
設計指導：陳晞叡
印　務：李明修（主任）、張加恩（主任）、張凱棋

發行所：台灣角川股份有限公司
地　址：104台北市中山區松江路223號3樓
電　話：（02）2515-3000
傳　真：（02）2515-0033
網　址：www.kadokawa.com.tw
劃撥帳戶：台灣角川股份有限公司
劃撥帳號：19487412
法律顧問：有澤法律事務所
製　版：尚騰印刷事業有限公司
ISBN：978-986-366-907-4